新潮文庫

すごい言い訳!

漱石の冷や汗、太宰の大ウソ

中川 越著

新潮社版

11593

目次

第一章　男と女の恋の言い訳

第二章　お金にまつわる苦しい言い訳

第三章　手紙の無作法を詫びる言い訳

はじめに

「記憶にないのでお答えできません」「秘書がやったことで私は把握していません」「誤解されたとしたら申し訳ない」「潰《つぶ》せとはケガをさせろということではなく、本気で行けという意味です」……巧みな？　ズルい？　逃げ口上が、引きも切らずマスコミを賑《にぎ》わせます。

政財界、官界、芸能・スポーツ界、ついでにわが家も含めた人界はすべて、古今東西、言い訳の花盛りです。

あるとき三歳の孫娘にアンパンマンチョコを与えたところ、ちょっと目を離したスキに、三時のおやつの前に封が開けられていました。問い詰めると彼女はニヤッとして、「妖怪《ようかい》のせいじゃない?!」。そんな言い訳も巷間《こうかん》横行しました。

下手な言い訳でごまかすぐらいなら、いっそみんな妖怪のせいにしてしまったほうがまだマシかもしれません。

ところで、そもそも言い訳とは何かというと、言い逃れであり、弁解、釈明です。

よろしくない事態や非難されるべき原因を作った張本人の立場から逃れるための説明が言い訳です。自分をよく見せようとする本能を起点にしているので、いじましい行為と思われ、大方軽蔑《けいべつ》の対象になります。

その昔、「男は黙って○○ビール！」というＣＭが流行《はや》ったのは、言い訳しない潔《いさぎよ》さに一つの理想を見たからでしょう。

しかし、言い訳は言い方次第で、味わい深いものに変化するのも事実です。

その実例を文豪たちに求めました。彼らの手紙の中に見受けられる奇想天外、痛快無比、空前絶後のすごい言い訳を、本書でいろいろご紹介したいと思います。

たとえば夏目漱石《そうせき》は、こんなはがきを友人に送りました。漱石三十七歳の頃、しきりにはがきに絵を描いて、友人に出しまくっていた頃のことです。

「昨日君の所へ絵端書《えはがき》を出した処《ところ》　小童誤って切手を貼《ちょう》せず　定めし御迷惑の事と存《ぞん》候《そうろう》　然《しか》し御覧の通の名画故《ゆえ》切手位の事は御勘弁ありたし　十銭で名画を得たり時鳥《ほととぎす》」

意訳すると――〈きのう、君あての絵はがきの投函《とうかん》を、私の幼い子どもに任せたら、切手を貼《は》らずに出してしまった。きっと君は切手代を取られて迷惑だったと思います。しかし、ご覧の通り私が描いたはがきの絵は、君を喜ばすすばらしい名画だから、切

手代十銭ぐらいの不愉快は許してほしい。十銭で名画を得たり時鳥〉

短い詫《わ》び状ですが、ここでは二つの言い訳が巧みに利用されています。一つは、

一つは、注意不足な子供の仕業だから私に責任はないという言い訳で、もう一つは、君は十銭の切手代を支払っただけで名画を手に入れたのだから、私はむしろ感謝されるべきだと主張したうえに、厚かましい俳句まで添えた責任回避の口上です。

子供のせいにしたのは平凡ですが、感謝を強要する言い方は斬新《ざんしん》で、相手は意表をつかれ苦笑したにちがいありません。しかも漱石の絵は質朴で、画才を衒《てら》う名画には程遠かったので、友人の苦笑はすぐに破顔大笑に変わったはずです。

ちょっと恐縮して相手を油断させておいてから、急に襲いかかるように恩を着せ、ユーモアのプレゼントで免罪を獲得する、漱石ならではの珠玉の言い訳です。

言い訳は、苦境で発する言葉です。切羽詰まると人は、思わず素の姿を現します。裸の文豪が、言い訳の中には潜んでいます。

私は本書を書きながら、既成のイメージとはかなり異なるフレッシュな文豪たちに出遭い興奮しました。夏目漱石は謹厳な堅物ではなく、上質なユーモアを主成分としています。中原中也《ちゅうや》は、やはり図抜けた言葉のファンタジスタです。林芙美子《ふみこ》は、圧

倒的な超絶恋愛モンスターでした。

そして、そんな新たな印象を得てから彼らの作品を読み直すと、瑞々《みずみず》しい命が吹き込まれた、生まれ立ての文章に触れるような錯覚さえ感じました。

本書が魅力的な言い訳の創造を助ける指南書として、また、文豪たちのすばらしい作品群の読書案内の一つとして資する所があれば、この上なく幸いです。

いい　わけ【言（い）訳】㊀物事を筋道立てて説明することo㊁自分の過失や失敗について、そうせざるを得なかった理由や事情を説明して、本当は悪くないと思わせること。㊂ことばの使い分け

すごい言い訳!

漱石の冷や汗、太宰の大ウソ

第一章　男と女の恋の言い訳

フィアンセに二股《ふたまた》疑惑をかけられ命がけで否定した　芥川龍之介

夏目さんの方は向うでこっちを何とも思っていない如《ごと》く　こっちも向うを何とも思っていません

大正五年に夏目漱石が亡《な》くなり、その翌年から、漱石の長女筆子十八歳の結婚話が、噂《うわさ》されるようになりました。その際漱石の門下生の中で、花婿《はなむこ》候補ナンバーワンと目されたのが、芥川龍之介でした。しかし、龍之介にはすでにフィアンセがいました。親友山本喜誉司の姪《めい》塚本文《ふみ》です。文は龍之介と筆子の噂を聞きつけ不安になり、芥川に手紙を送りました。それに対して龍之介は、こう釈明しました。

芥川龍之介（あくたがわ・りゅうのすけ）　明治二十五年（一八九二）～昭和二年（一九二七）。享年三十五。小説家。代表作は、『羅生門』『鼻』『地獄変』『河童』『侏儒の言葉』など。説話や歴史上の人物を登場させ、精緻な文体により、人間心理の深層に迫り、多くの佳作を誕生させた。「人生を銀のピンセッ

今文ちゃんの手紙を見ましたから、又之《これ》を書きます　夏目さん（筆子）の話は誤解の起り易《やす》い話だから　僕は誰にも話した事がありません　唯《ただ》兄さん（山本喜誉司）にだけは　前から何も彼《か》も話し合っている仲なので、その話をしました　そうしてその話は誰にも（勿《もち》論《ろん》お母さんや文ちゃんにも）黙っていろと云《い》いました　そんな事を僕が得意になっているように思われるが嫌だったからです

龍之介はまずこのように、筆子との縁談話が浮上していることを文に隠したのは、誤解が生じやすい微妙な問題だからと説明しました。また、世紀の大文豪の長女との婚姻という世間的な名誉に酔いしれていると思われるのを避けたかったからだとつけ加えました。

そして龍之介は筆子にも自分にも結婚する気がないことを力説しました。

トで弄んでいる」と菊池寛に評された。

山本喜誉司（やまもと・きよし）　明治二十五年（一八九二）～昭和三十八年（一九六三）。芥川龍之介の妻文の母方の叔父。龍之介とは旧制東京府立第三中学校時代の親友。ブラジル日系人社会で活躍した農業家として名高い。戦後の混乱期のブラジル日系人社会をまとめ、コロニア天皇とまでいわれた。コーヒー栽培の害虫駆除に有効なウガンダ蜂の研究により、東京大学から農学博士を授与された。

夏目さんの方は向うでこっちを何とも思っていない如くこっちも向うを何とも思っていません……僕は文ちゃんと約束があったから 夏目さんのを断るとか何とか云うのではありません 約束がなくっても、断るのです

龍之介は以上の説明でもまだ文の不安を拭《ぬぐ》い去ることはできないだろうと思ったのか、さらに強い覚悟をこう伝えました。

文ちゃんを得る為《ため》に戦わなければならないとしたら、僕は誰とでも戦うでしょう そうして勝つまではやめないでしょう それ程に僕は文ちゃんを思っています 僕はこの事だけなら神様の前へ出ても恥《はずか》しくはありません 僕は文ちゃんを愛しています 文ちゃんも僕を

愛して下さい　愛するものは何事をも征服します　死さえも愛の前にはかないません

潔白な者が潔白を証明するのは、難しいことです。ただ犯意、事実がなかったと言い張るだけしか手がありませんが、それだけでは不十分だと思った龍之介は、さらに神に誓ったり、命がけの覚悟を表明したりして、全力で疑惑の払拭《ふっしょく》に努めました。その結果、この手紙の五か月後、二人は無事結婚にこぎつけることができたのでした。

天地神明に誓い、命がけで説明しようとする姿勢を持つことこそが、相手の疑念を晴らし、両者の明日を円満に拓《ひら》く最良の方法となります。ちなみに龍之介は『侏儒《しゅじゅ》の言葉』の中で、「言行一致の美名を得る為にはまず自己弁護に長じなければならぬ」と述べています。

彼が自己弁護、すなわち言い訳に腐心したのは、この件ばかりではなかったようです。

『侏儒の言葉』　短い言葉で人生や芸術の本質を言い当てた芥川の箴言集。たとえば、「人生は一箱のマッチに似ている。重大に扱うのは莫迦莫迦しい。重大に扱わなければ危険である」などの言葉がある。

禁じられた恋人に
メルヘンチックに
連絡した

北原白秋

ゆめの中のその人の事をその人に大切になさいとい
うだけの　ほんのゆめのゆめのようなゆめの一言であるか
ら

「赤い鳥、小鳥、なぜなぜ赤い。赤い実をたべた。白い鳥、小鳥、なぜなぜ白い。白い実をたべた」などの数々の童謡や名詩を生んだ国民詩人北原白秋は、二十代前半で詩壇から高い評価を得て、順風満帆に創作活動を続けていました。

しかし、明治四十五年二十七歳のとき、大きな挫《ざ》折《せつ》を味わいます。隣家の有夫の女性と恋仲になり、姦通罪《かんつうざい》で訴えられ未決囚として収監されてしまったのです。

北原白秋（きたはら・はくしゅう）　明治十八年（一八八五）〜昭和十七年（一九四二）。享年五十七。詩人。代表作は『邪宗門』『思ひ出』など。耽美的で異国情緒や官能性を備えた象徴的傾向がある作風で、東洋的諦観が美しい作品もある。詩魂に新鮮な風を送り込むために、生涯に三十回近く転居した。

姦通罪とは、夫ある妻が夫以外の男性と肉体関係を結ぶことにより、妻と相手の男性について成立する犯罪で、昭和二十二年まで存在しました。懲役は二年以下です。

幸い収監されて二週間後、周囲の努力や示談金の支払いなどにより無罪放免となりましたが、当然二人は永遠の離別を余儀なくされました。ところが、その後も白秋の恋情は鎮火せず、逆に一層燃え盛り、南低吉などの偽名を使い、未練をたっぷり託した手紙を女性に送り続けました。

たとえばこんなふうに。

僕にはあなたという人が面白くて面白くてならないのだ、かわゆくてかわゆくてならないのだ、だからどちらかというと、僕はあなたの心よりもあなたの肉体から来る凡《すべ》ての美凡ての誘惑、凡ての風姿、表情、歓楽が僕を罪悪のどん底までひきずってゆく恥ずかしい罪の嫌疑により一度は失墜した名声を取り戻すために、女性との決別を期待する周囲の声を無視することはできません。同時に、再会を願う気持ちも消せません。

この二つの両立しがたい思いの解決をはかるために、次のような奇想天外な言い訳を思いついたのでした。

この手紙は決してあなたをそそのかすのでもなければ同情を強ゆるのでもないし、あなたのこれから先きの一生に邪魔をしようとしておどかしているわけでもなし、ただ美くしいゆめをゆめと見て、そのゆめの中の恋しい人にゆめの中の歌を一冊送って、ただそのゆめの中のその人の事をその人に大切になさいというだけのほんのゆめのようなゆめの一言であるから誰にお見せなすってもかまわないものである

引用文中の「一冊」とは、白秋の詩集『桐《きり》の花』です。

この手紙の前段で、「これは私の涙と信実とがこもった歌集である」と書かれています。たとえば、次のような詩があります。「監房の第一夜／罪びとは罪びとゆゑになほいとしかなしいぢらしあきらめられず」。

つまり、白秋の未練をこめた詩集でした。だから白秋はこの添え状の中で、禁断の未練を送ることの正当性の説明、言い訳を、相手と自分に対してする必要があったのです。

この添え状を意訳すると、こうなります。

〈私のこの手紙は、あなたに恋の残り火がまだあるとすれば、また油を注ぐことになり、汚名を着た恋の再燃により、あなたと私は再び世間から指弾され苦しむかもしれません。もし残り火がなければ、あなたに困惑を強いることになります。

いずれにしても、迷惑なことには変わりなく、私自身も回復しつつある詩人としての栄誉を、再びなげうつことになってしまいかねません。だからこの手紙と詩集は、本当

［後日談］

大正二年に結婚した白秋とその相手、俊子は、三浦半島の三崎で暮らした。翌年俊子が肺を悪くしたので、静養のため小笠原父島に俊子とともに移住、ほどなく生活が窮乏。しかし虚栄心の強かった俊子は耐乏生活に我慢できず、同年中には東京に戻るが、白秋の両親と折り合わず、短い結婚生活は終わりを告げた。

は許されない通知と贈り物です。誰かに見せれば、無反省をなじられるでしょう。

けれど、大丈夫です。これはうつつの出来事ではないからです。あなたはあなたではなく夢の中の人で、私も夢の中の歌を夢の中の人に、ご自分を大切になさいと伝えるだけの、夢のような夢の一言なのだから、誰にはばかることもないのです〉

現実的な説得力はゼロでも、ついうっかりそそのかされてしまいそうな、魅力ある詩的な言い訳です。

下心アリアリのデートの
誘いをスマートに
断った言い訳の巨匠

樋口一葉

貧者余裕なくして閑雅の天地に
自然の趣きをさぐるによしなく

女性が嫌な男性からデートの誘いを受けたとき、どのような言い訳で断るのが無難でしょうか。簡単です。ヒマがない、で十分です。ほぼこれで撃退できます。けれど、世の中そんなに簡単なことばかりではありません。断っても関係を閉ざさない断り方が必要なケースも多々あります。セクハラやパワハラを上手な言い訳で巧みにかわして利を得る手立てを、樋口一葉に学びます。

樋口一葉は、肖像写真がかもす清楚《せいそ》で純真無垢《むく》なイメー

樋口一葉（ひぐち・いちよう）
明治五年（一八七二）〜明治二十九年（一八九六）。享年二十四。小説家。代表作は、『たけくらべ』『にごりえ』など。典雅流麗で明快な筆致は、今紫式部などともてはやされた。貧困や封建社会の遺風に苦しむ女性の悲しさを多く描いた。

ジとは異なり、名うての詐欺師《さぎし》も舌を巻くほどの、非常にしたたかな一面も持ち合わせていたようです。

明治二十七年二月、一葉二十二歳のとき、そのころ世間を騒がせていた占い師、相場師、要するに詐欺師の久佐賀義孝に目をつけて、アポなしで急襲しました。単身彼の所に乗り込んだのです。そして、次のように、自らの家族の苦境を、多少の脚色を加えながら伝え、そして、奇想天外な提案を切り出しました。

〈私は父を亡《な》くし、老母と世間知らずの妹と、女三人暮らしとなり、人から裏切られ、生活に困り小さな店を出しましたが振るわず。今や絶望の際《きわ》に立ち、身を惜しむこともございません。それならいっそこの身をいけにえにして、自分の運を一時のリスクに賭《か》け、あなたの勧める相場をやってみたいと考えます。しかし、お金が一銭もない。久佐賀先生は広く慈善の心をもって、万人の痛

久佐賀義孝（くさか・よしたか）　元治元年（一八六四）〜没年不詳。天啓顕真術による占いを行う。清国、インド、アメリカを放浪して帰国。その後、本郷で「顕真術会」を創設、会員三万人を集めたといわれている。相場師からの相談にも乗り、当時の新聞で話題となる。

苦をいやしたいということですから、どうかそのご希望にしたがって、相場を始めるためのお金を私に貸してください〉

こうして二人の関係が始まると、久佐賀は当然のごとく二十二歳の若く美しい一葉に、男としてのアプローチを、手紙で開始しました。一葉はその返信をこう書きました。明治二十七年二月の末のことでした。

御《お》ひえびえ敷相成申候《しくあいなりもうしそうろう》　此《この》ほどはをしかけの参上に失礼の御《お》とがめもなく御高説仰《おお》せきけられ日夜こころにくりかへし居《おり》申候　うきよにたよる方もなくして塵《ちり》塚《づか》のすみにうごめき居り候身を捨て玉はぬ斗《と》かは御ねんごろの御《お》文《ふみ》の様《よう》ことに梅見の御さそひまで仰《おお》せ下されて先《まず》は御こころのほどうれしく存じまゐらせ候

意味はこうです。〈冷え冷えとしてきました。この度は突然おしかけ失礼しましたのに、お咎《とが》めもなく貴重なお話を伺い、日夜心の中でありがたいお言葉を繰り返しております。この世に頼る人もなくゴミための隅でうごめく身なのに、身を捨ててはいけないとご親身なお手紙、特に梅見のお誘いまでおっしゃってくださり、まずはお気持ちを嬉《うれ》しく思います〉

来ました、来ました、観梅のデートの誘いです。そこで一葉は、同じ手紙にこう続けました。

貧者余裕なくして閑雅《かんが》の天地に自然の趣《おもむ》きをさぐるによしなく御心《みこころ》はあまたたび拝しながら御供の列に加はり難き……御厚意のほどを月とも花とも味はひ可申御《もうすべきお》詞《ことば》にあまへ不日《ふじつ》御《お》ひざもとにまかり出《い》づべく候まま御見すてなく願上まゐらせ候　先は御返事のみ　かしこ

〈貧乏暇なしで、そういった風流な愉《たの》しみには縁がなく、お気持ちは感謝しながらもお供することは難しいのです。しかし、お言葉に甘えて、近々また伺いたいと思いますので、お見捨てなきようお願いいたします〉

そして、その後一葉は久佐賀に、今の貨幣価値で数千万円を求めたことがあったようです。その金額を一葉が手にした記録はありませんが、生活費程度の額が何回か渡された形跡は残されています。

二十二歳の才女は、三十歳の詐欺師の俗欲を、美しい雅文の言い訳により手玉にとりながら、一定の成果を得たと考えられます。

「閑雅の天地に自然の趣きをさぐる」などと、雅《みやび》やかで趣深く美しい言葉を並べられると、断られているのに半分共に「閑雅の天地に自然の趣きをさぐ」ったような気になるから不思議です。さもしい詐欺師の殺伐とした日々に、さぞかし尊い潤《うるお》いをもたらしたことでしょう。

冒頭一葉に言い訳を学ぶつもりと書きましたが、この剛胆さと破格の表現力を兼ね備えた才女から私たちが学べるものはわずかです。

言い訳を趣深く伝えると、大きな説得力が生まれるということだけはわかりました。

では、どうすれば趣を添えられるのか。一葉みたいにはできません。

悲惨な環境にあえぐ
恋人を励ますしか
なかった無力な

小林多喜二

「闇《やみ》があるから光がある」 そして闇から出てきた人こそ、一番ほんとうに光の有難さが分るんだ。

『蟹《かに》工船』で知られる小林多喜二は、悲惨な状況下にあった恋人に、「闇があるから光がある」と慰め、励ましました。人は対立する概念や感覚を体験することで、初めて一方の価値や程度を理解したり実感できたりするという指摘は、確かに正鵠《せいこく》を射ています。

不自由を知らなければ自由を知らず、不幸を知らなければ幸福がわかりません。

闇の中にいる人にしばらく忍従してもらうためには、一

小林多喜二（こばやし・たきじ） 明治三十六年（一九〇三）〜昭和八年（一九三三）。享年二十九。小説家。労働運動に共鳴して『蟹工船』を書き高く評価され、プロレタリア文学の旗手となる。特高警察にマークされ拘束を受け、拷問の末獄死した。

定の説得力がある現実的なアドバイス、かもしれません。

しかし多喜二はそもそも、闇の中にいる人に我慢を求めるタイプの人ではありませんでした。『蟹工船』を書くような人です。同作の内容は、小田切秀雄《おだぎりひでお》によれば、次の通りです。

「帝国海軍の保護でオホーツク海まで出て暴利をむさぼり続けた蟹工船の内部で、酷薄な労働条件に苦しむ労働者群が、……団結して闘争に立ち上るまでを、綿密な調査とみごとな芸術的表現によって描いたもの」(『新潮日本文学辞典』)

世の中の闇を一掃して、虐《しいた》げられた人々を明るみに呼び戻すことを強く願っていました。

したがって、恋人を覆《おお》い尽くす闇を振り払うことが本来の希望で、それができないことの不甲斐《ふがい》なさを、相手から、自分から隠すための方便、言い訳として利用したのが、「闇があるから光がある」だったのだと考えられます。

多喜二に辛《つら》いアドバイスを強いた状況は、このようなものでした。

北海道拓殖銀行小樽支店の為替係として、安定した生活を送っていた二十一歳の小林多喜二は、友人に誘われて小樽の遊郭近くのそば屋（銘酒屋）、「やまき屋」を訪れました。美人との呼び声高い女給がいると聞きつけてのことでした。銘酒屋の女給とは、すなわち私娼《ししょう》でした。

その女給タキこと田口瀧子《たきこ》は、明治四十一年小樽郊外に生まれ、父親が家業で失敗したため、室蘭の銘酒屋に身売りされ、そのあと小樽の「やまき屋」に転売されて、十六歳のときに多喜二と出会います。

多喜二はタキの身の上を知り、いたく同情し、次の手紙を書いたのでした。

「闇があるから光がある」そして闇から出てきた人こそ、一番ほんとうに光の有難さが分るんだ。世の中は幸福ばかりで満ちているものではないんだ。不幸というのが片方にあるから、幸福ってものがある。そこを忘れないでくれ。だから、俺たちが本当にいい生活をしようと思うなら、うんと苦しいことを味ってみなければならない。瀧ちゃん達はイヤな生活をしている。然し、それでも決して将来の明るい生活を目当にすることを忘れないようにねえ。そして苦しいこともその為めだ、と我慢をしてくれ。

「闇があるから光がある」を冒頭に掲げ、不幸が幸福を際立たせるのだと諄々《じゅんじゅん》と諭しました。

この手紙はすでに述べたように、恋人タキを理不尽な状況下から救い出す実効性はまったくなく、いわば気休めの一種で、どちらかといえば、無力な多喜二が自分に向けた、自分自身を守るための言い訳にすぎなかったといえるでしょう。

［志賀直哉からのお悔やみ］

多喜二の獄中での不審死の報に接し志賀直哉は、世間が弾圧を恐れて沈黙する中、次のような、かなり踏み込んだ発言を伴うお悔やみを多喜二の母親せきに送った。「拝呈　御令息御死去の趣き新聞にて承知誠に悲しく感じました。前途ある作家としても実に惜しく、又お会いした事は一度でありますが人間として親しい感じを持って居ります。不自然なる御死去の様子を考えアンタンたる気持になりました……」（昭和八年二月二十四日付）。

タキを本当に救うために必要なのは、言葉ではなく金でした。タキの身請け代は五百円。当時の拓銀の初任給は七十円ですから、今なら二百万円くらいということになります。「闇があるから光がある」と、多喜二は自分自身に言い聞かせて諦《あきら》めるしかありませんでした。

理不尽な現状を甘受するために、人はしばしば悲しい言い訳を発明し、それを利用して、苦しいアドバイスや力弱い慰めの言葉を、やむなく仕上げてしまうことがあるようです。

なお、この手紙の九か月後、大正十四年十二月、多喜二はボーナスと友人からの借金により五百円をようやく工面して、タキを身請けし、救い出しました。

自虐《じぎゃく》的な結婚通知で
祝福を
勝ち取った

織田作之助

失恋以来、もはや破れかぶれ、遂《つい》に大デブと結婚というはしたなきことになりました。

他人の不幸は蜜《みつ》の味は、忌《い》むべき下衆《げす》な説ですが、胸に手をあてて考えると、確かに私の関心も人の不幸に向きがちで、人の幸福には比較的冷淡です。

そんな心理を、百も承知のオダサクこと織田作之助は、三十二歳のとき、自らの結婚を親友に、次のように工夫して伝えました。

さて、申しおくれましたが、小生嘘《うそ》から出た真《まこと》にて、

織田作之助（おだ・さくのすけ）　大正二年（一九一三）〜昭和二十二年（一九四七）。享年三十三。小説家。代表作は『夫婦善哉』『土曜夫人』など。スピーディーでスリリングでユーモア溢れる筆致で、大阪の市井の人々の哀歓を描いた。太宰治らとともに、志賀直哉などの旧来の権威に反発する無頼派と

笹田《ささだ》ライトコメディ女史と結婚の破目《はめ》に到《いた》りました　して注目された。
……実は小生もひそかに文谷《ふみや》女史に失恋以来、もはや
破れかぶれ、遂《つい》に大デブと結婚というはしたなきこと
になりました。

ソプラノ歌手笹田和子《かずこ》は、戦中戦後の日本を代表するプリマドンナ。ライトコメディは軽喜劇という意味。パワフルで楽しい人だったようです。文谷女史は、当時有名な映画女優、文谷千代子です。

そもそも結婚通知のような幸福の知らせは、そっけないぐらい簡潔に事実だけを書くのが効果的です。芥川龍之介は友人に、「僕は二月二日に結婚しました」とだけ報告しました。熱く盛って伝えれば相手はしらけ、冷静に簡潔に知らせると相手は自然に熱くなる、というアマノジャクな心理が私たちにはあるからです。

しかし織田は、熱くも冷静にも伝えず、まったく異なる

作戦をとりました。

別に誰に責められているわけでもないのに、言い訳がましく結婚を通知したのです。

ついうっかり、焦《あせ》って結婚してしまったのは、失恋のショックで破れかぶれになったからだと釈明し、拙速の反省を強調しました。

失恋の痛手をいやすために私たちがしばしば選ぶ方法は、臆面《おくめん》もなく早々と次の恋に着手することです。そして、自らの節操のなさにあきれます。オダサクも同様に軽薄に恋愛を乗り換えた無節操を恥じ、その様子を伝えることで、共感を得ようとしています。

しかも、結婚したのが通常の相手ではなく「大デブ」だから、「はしたなき」惨事であり、幸福にはほど遠く、はしゃいでなんかいないと、自嘲《じちょう》的、自虐的に冷静を気取ります。

こうして念入りに、うかつ、不幸、悲惨を際立たせ、有頂天になっていない自分を証明したのでした。

また、その筆致は、自らをあざけり、さげすんでいるのに、嫌な湿り気やいじましさが感じられず、好感度は抜群です。彼の不朽の名作『夫婦善哉《めおとぜんざい》』の文体に似て、軽快なスピード感と清潔なユーモアを備えているからでしょう。

この通知に接した人は、親友ならずとも、ためらいなく祝福の拍手を惜しみなく贈りたくなるはずです。

日本の文壇史上随一と思われる魅力的な結婚通知は、このように工夫を凝らした自発的な言い訳の利用によって、高いクオリティで仕上げられたのでした。

『夫婦善哉』

親の金で芸者遊びにふける柳吉が芸者蝶子と駆け落ちするが、ほどなく金欠となる。そこで柳吉は蝶子を働かせてはまた色町で芸者に入れ込み、素寒貧（すかんぴん）となり途方に暮れて家に戻るが、ほとぼりがさめると、性懲りもなく遊びを繰り返す。どうにも救いようのない男と、けなげすぎる女の、大阪の下町を舞台にした、哀しくもおかしい物語。

本妻への送金が滞り
愛人との絶縁を
誓った罰当たり

直木三十五

おりえとハ別れる手紙を出しておいた。映画の仕事も一切手を断った。……十幾年貧乏と奮闘してくると相当疲れる。

純文学の新人に与えられる芥川賞の芥川龍之介は依然として有名ですが、優秀な大衆文学の無名・新人及び中堅作家に授与される直木賞の直木三十五は、賞に名を留めるばかりで、いつしかほとんど知られない存在となってしまいました。

そこでまずご紹介。こんな人でした。「今年こそ是非行って見たいところ」という質問に、直木三十五はこう答え

直木三十五（なおき・さんじゅうご）　明治二十四年（一八九一）〜昭和九年（一九三四）。享年四十三。小説家・脚本家・映画監督。雑誌「文藝春秋」の創刊に参加し、担当した文壇ゴシップ欄が毒舌で話題を呼び、『由比根元大殺記』、『南国太平記』により流行作家となる。没

ました。

「旅は嫌いですから行ってみたい所がありません、静岡へは、八重千代という芸者が好きで度々参りました、その八重千代にも恋人ができたので、静岡にも用がなくなりました……気色などより、いい女の方がいいようです」

豪胆にして滑稽味《こっけいみ》のある痛快無比な女好きでした。景色よりも好きないい女の一人、芸妓《げいぎ》香西織恵《こうざいおりえ》との出会いは大正十一年、直木三十一歳、織江二十三歳のときのことです。ちなみに三十五は三十一歳のときは、直木三十一と名乗りました。人を食ったネーミングです。

三十五は二十八歳で結婚し、すでに妻子があり、織恵との出会いにより、終生続く二重生活が開幕しました。

その後直木は、奈良で「連合映画芸術家協会」を設立、横光利一《りいち》のデビュー作『日輪』を映画化するなど、映画製作にも旺盛《おうせい》に乗り出します。しかし、「儲《もう》けたり、損をしたりし……キネマ界の愚劣さに愛想をつかし、上京して、

後、菊池寛の発意により大衆文学を対象とした文学賞「直木賞」が設定された。

［筆名の由来］

筆名は本名植村宗一の一字「植」を二つに分けて直木とし、大正十一年、三十一歳のときは、直木三十一と名乗り、翌年三十二、翌々年は三十三、そして三十五で止めた。

文学専心となる」のでした。

映画に失敗し、本妻寿満《すま》へ送金の困難を知らせたのが、次の手紙です。

おりえとハ別れる手紙を出しておいた。映画の仕事も一切手を断った。……宅の生活は原稿でやって行けようから子供の生活ハ変るまい。変らさないようにこれだけハ努力する……神経衰弱もひどいし、気もちの疲労もひどい……学校を出て以来十幾年貧乏と奮闘してくると相当疲れる。それハ女の知らぬ疲れ方だ。

未来を案ずる本妻への言い訳でした。文中の「おりえ」は織恵。本妻が抱く不安材料を取り除く決意を伝えました。疲れた、この疲れはわかるまいと、身勝手な自己弁護も堂々と交えながら。

女性関係に無責任なクズの特徴は、ことさらに男の責任について語り、誰よりも責任を果たさないところにあります。彼にもその才能が見え隠れします。そしてその才能は、しばしば女性のスカートの裾《すそ》を強い力で握りしめるため、女性はなかなかふりほどくことができません。一部の女性、いいえ、惚《ほ》れた弱みを持つ女性は、言い訳をする男が大嫌いで大好きです。

したがってこの言い訳も、一定の効果はあったのかもしれません。

昭和三十五年、彼の没後、「芸術は短く　貧乏は長し」という直木の言葉を刻んだ記念碑の建碑式で、なんと、二人並んで仲睦《むつ》まじく微笑《ほほえ》む寿満と織恵の写真が残されているのです。直木は二人の胸中の片隅で、二心をなじられながらも、常に許されて在り続けていたように思えてきます。当然ながら言い訳の説得力を支えるのは、言葉の工夫だけではありません。人としての常日頃のチャーミングさが欠かせません。

【香西織恵】
芸妓香西織恵は美しい女性だった。後年本妻寿満は、初めて織恵を見たときの感想をこう述べた。「そのきれいなのに驚き、直木が惚れたのも無理はないと思いました」。

別宅があり、事業に失敗し、本宅への送金が滞っても、口先ばかりの言い訳で許してもらえる人間的な魅力は、どうしたら養えるのでしょうか。

そんな修養は今の時代もってのほかです。その学びに役立つ直木三十五の著作はすべて、禁書にしなくてはいけませんね。

恋人を親友に
奪われ精一杯　**寺山修司**
やせ我慢した

　僕はタッソオのように「恋に用いられぬ時間こそ徒《いたず》らに費やされる時間なり」などとは思わないし、そんな余裕はない。


　以前私が写真家のハービー・山口を取材したとき、彼はとても嬉しそうにこう語りました。

「ぼくは寺山さんから、君は役者の顔の筋肉が一本動いたときを見逃さずに、シャッターが切れる人だと、ほめられたことがあるんです」

　寺山修司のそんなスリリングな一言は、私をいつも魅了します。『書を捨てよ、町へ出よう』という本も刺激的で

寺山修司（てらやま・しゅうじ）　昭和十年（一九三五）～昭和五十八年（一九八三）。享年四十七。劇作家・歌人。寺山修司と山田太一が、青春時代に取り交わした往復書簡は、『寺山修司からの手紙』（岩波書店）に詳しい。寺山は「手紙狂」と題する小文の中で、こう言って

した。「競馬が人生の比喩《ひゆ》ではない。人生が競馬の比喩なのだ」という彼の言葉にも、新鮮に翻弄《ほんろう》されました。

詩作、脚本、小説、映画、舞台など、さまざまな表現においていつも挑戦的、挑発的な寺山修司は、テレビドラマの脚本家として名高い山田太一と友達でした。早稲田大学在学中に出会い、終生親交は続きました。青春のとき二人はドラマの制作者ではなく、ドラマの登場人物でした。たとえば大学時代、二人は同じ女性を好きになりました。最初寺山が好きになりフラれ、寺山をフッた女性は山田を好きになり、やがて山田はその女性を愛します。

そのとき山田は寺山に手紙で、こんな言い訳を書きました。

「ひとはだれかに誠実であれば、だれかを裏切らなければならぬ」(福田恆存《つねあり》『ホレイショー日記』)僕は感傷的になって、何故《なぜ》愛してしまったのか、などと思った。

いる。「ベストセラーの読者になるよりも、一通の手紙の読者になることの方が、ずっとしあわせなのだ、と、私はいつでも思っている」。

山田太一(やまだ・たいち)昭和九年(一九三四)〜。脚本家・小説家。テレビドラマの代表作は、『それぞれの秋』『男たちの旅路』『岸辺のアルバム』『早春スケッチブック』『ふぞろいの林檎たち』『悲しくてやりきれない』『ありふれた奇跡』など。小説には、佳作『異人たちの夏』などがある。

シェークスピア全集の翻訳者で評論家の福田恆存の言葉を引いて、彼女、または自分の心に対して正直、誠実であるために、寺山を裏切らざるを得なかったという事情を、わかってもらおうとしました。しかし、福田の権威を借りて真理を説くだけでは申し訳が立たないと思い、女性を愛した後ろめたさをほのめかすことにより、許しを得ようとしています。

この手紙に対して寺山は、中世イタリアの詩人の言葉をまじえながら、山田の気遣いが不要であることの根拠を手紙でこう伝えました。

僕はタッソオのように「恋に用いられぬ時間こそ徒らに費やされる時間なり」などとは思わないし、そんな余裕はない。

未練に縛られて時間を空費する余裕なんてないから、気にする必要はないさという、気遣いへの気遣いです。しかし、あまりに言い方がきっぱりとしすぎているところを見ると、きっと頑張って、言ったのだと思います。いわば、寂しさを隠して元気をことさらにアピールするための言い訳です。

さて、二人の言い訳の応酬の成果のほどは、どうだったのでしょうか。私は疑わしいと思います。

寺山がしばしば好んで使った、西洋の偉人、賢人、古典の箴言《しんげん》、名言で補強した言い訳だって無力でした。権威を後ろ盾にしたところで、いつか私が失恋したとき、「人は、星の数ほどいるよ」と教えてくれた故郷の母さんの平凡な慰めと同程度に無意味です。二人は言い訳を重ねれば重ねるだけ、いたずらに互いを傷つけ合ったに違いありません。

恋の深手を治す魔法の言い訳はないと諦めます。

ただし、効果がなくても言い訳するのが大切なときもあります。言い訳はしました〈いたわりたい気持ちはあります〉、という言い訳になるからです。それはズルさではなく、それは確かな一つの寄り添いでしょう。

歌の指導にかこつけて
若い女性の
再訪を願った

萩原朔太郎

この頃、歌は作って居られますか。
いろいろ御話したく思いますので

愛憐《あいれん》

きつと可愛《かわい》いかたい歯で、
草のみどりをかみしめる女よ、
女よ、
このうす青い草のいんきで、
まんべんなくお前の顔をいろどつて、
おまへの情慾《じょうよく》をたかぶらしめ、

萩原朔太郎（はぎわら・さくたろう）　明治十九年（一八八六）〜昭和十七年（一九四二）。享年五十五。詩人。「日本近代詩の父」と称される。群馬県前橋市生まれ。口語体の鋭敏で情熱的な自由詩により、新しい詩風を拓いた。代表作は詩集『月に吠える』、『青猫』、短編小説『猫町』など。

しげる草むらでこつそりあそばう、
みたまへ、
ここにはつりがね草がくびをふり、
あそこではりんだうの手がしなしなと動いてゐる、
ああわたしはしつかりとお前の乳房を抱きしめる、
お前はお前で力いつぱいに私のからだを押へつける、
さうしてこの人気のない野原の中で、
わたしたちは蛇のやうなあそびをしよう、
ああ私は私できりきりとお前を可愛がつてやり、
おまへの美しい皮膚の上に、青い草の葉の汁をぬりつけ
　てやる。

私たち誰しもがもてあます身のうちにある色情を、こんなにきれいに表現した人はなかなかいません。ともすれば人は色欲に誘われて淫靡《いんび》の淵《ふち》に滑り落ち、悶々《もんもん》とした末に絶望を探し当てることにしかなりかねないのに、すんでの

ところでその際に踏みとどまり、隠さなくてはいけない夢を健やかに奏《かな》でます。

萩原朔太郎が、こんな詩を書く人だと知っていたので、次の手紙は、私にはかなり意外でした。

その手紙は、四十八歳の朔太郎から二十四歳年下の歌人森房子に宛《あ》てられたものです。二人は文学上の交流があり、昭和十年の正月、朔太郎は房子の訪問を受けましたが、不在のため会えず残念に思い、手紙にこう書きました。

新年御祝辞申します。昨日は遠方わざわざ御訪ね下されましたところ、折あしく留守で誠に失礼致しました。小生も是非御逢《おあ》い致したく存じ居りましたので、重々《かさねがさね》残念に思います。

ここで注目すべきは、まず「折あしく」。この語により

［健全な倒錯］
朔太郎は、倒錯の世界をも、病むことなく清潔に歌い上げた。こんな詩がある。

恋を恋する人
わたしはくちびるにべにをぬつて、／あたらしい白樺の幹に接吻した、／よしんば私が美男であらうとも、／わたしの胸にはごむまりのやうな乳房がない、／わたしの皮膚からはきめのこまかい粉おしろいのにほひがしない、／わたしはしなびきつた薄命男だ、／ああ、なんといふいぢらしい男だ、／けふのかぐはしい初夏の野原で、／きらきらする木立の中で、／手には空色の手ぶくろをすつぽりとはめてみた、／腰にはこるせつとのやうなものをはめてみた、／襟

それとなく無念を強調します。漢字ではなく「あしく」とひらがなでやわらかな印象を整えたところも、細やかな配慮の一つです。さらに朔太郎は次のように続け、房子の再訪を熱望し、電話番号まで教えて今後の確実な面会を願いました。

是非また近日中、御訪ね被下度《くだされたく》、熱心に御待ち申します。ただこの頃外出がちで、在宅の日がすくないので、御面倒乍《なが》ら左記へ電話で御予告下さるよう願います。

おやおや、ちょっとようすがおかしい。単なる不在の詫《わ》び状だったはずなのに。この手紙の文末を見ると、本来の目的が明らかになります。

この頃、歌は作って居られますか。いろいろ御話したく思いますので、御都合により、他所《よそ》で御逢いしたく

には襟おしろいのやうなものをぬりつけた、／かうしてひつそりとしなをつくりながら、／わたしは娘たちのするやうに、／こころもちくびをかしげて、／あたらしい白樺の幹に接吻した、／くちびるにばらいろのべにをぬつて、／まつしろの高い樹木にすがりついた。

も存じ居ります。とりあえず不在の御詫びまで申しあげます。

「いろいろ御話したく」や「他所で御逢いしたく」には、恋愛の香りがします。そういえば、前段の「熱心に御待ち申します」も怪しく感じられてきました。

これは歌の指導にかこつけて、逢瀬《おうせ》を願う手紙だったと思われます。朔太郎には妻子がいたから、「この頃、歌は作って居られますか」は、逢瀬を正当化するための、欠くべからざる言い訳でした。

堂々と高らかに秘匿《ひとく》すべき愛欲をうたう稀代《きたい》の詩人は、意外にもおずおずと不器用に、見え透いた言い訳を踏み台にして、愛憐の野原に踏み出そうとしていたようです。すでに「愛憐」も含めて朔太郎ワールドに魅了されていたはずの房子は、作品とのギャップを感じ、その意外さに心ときめかすことがあったかもしれません。

らしからぬ言い訳が、新鮮に人を悦《よろこ》ばすこともあるのです。

奇妙な
謝罪プレーに勤《いそ》しんだ
マニア　**谷崎潤一郎**

東京者はああいうところが剛情でいけない……
今度からは泣けと仰《お》っしゃいましたら泣きます

谷崎潤一郎は、有夫の女性根津松子と恋をしました。ゲームのような痴話げんかを繰り返す中で、谷崎は松子に次の詫び状を送りました。「ご主人様」とは松子のことです。

御主人様、どうぞどうぞお願いでございます　御機嫌を御直し遊ばして下さいまし　ゆうべは帰りましてからも気にかかりまして又御写真のまえで御辞儀をしたり掌《て》を合わせたりして、御腹立ちが癒《い》えますようにと

谷崎潤一郎（たにざき・じゅんいちろう）　明治十九年（一八八六）～昭和四十年（一九六五）。享年七十九。小説家。代表作は、『刺青』『春琴抄』『細雪』など。抜群な才筆により、豊麗にしてときに妖艶な、日本情緒溢れる物語を生み出した。

一生懸命で御祈りいたしました

二人はある種の特別な恋愛空間に向かおうとしているのですが、ここではその点についてはあまり深入りしないで、言い訳をともなう謝罪文の好例として分析を進めます。

まず、冒頭から「御主人様」とひれ伏し、写真にまで手を合わせ謝罪を続けていることを強く印象づけている点に注目します。谷崎は松子の絶対的優位を認め気持ちをなだめ、そのうえで、言い訳がましくこう詫びます。

谷崎（根津）松子（たにざき〈ねづ〉・まつこ）明治三十六年（一九〇三）〜平成三年（一九九一）。谷崎潤一郎の三人目で最後の妻、随筆家。『細雪』の幸子のモデル。

先達《せんだつて》、泣いてみろと仰《お》っしゃいましたのに泣かなかったのは私が悪《わる》うございました、東京者はああいうところが剛情でいけないのだということがよく分りました、今度からは泣けと仰っしゃいましたら泣きます

怒れる相手の心を鎮《しず》めるには、反省心を示すだけでは不

十分で、適切な事情説明？　言い訳？　が必要です。〈もちろん私が悪いのですが、私もその一人である東京者って剛情だからいけませんよね〉と、いつの間にか東京者一般のせいにしているところが巧妙です。自分という一点の的を東京者という大きな的にすり替えて、相手の怒りの矛先から逃れる作戦です。これはなかなか汎用性《はんようせい》の高い手管です。

しかし、谷崎がこの言い訳によって本当に松子をなだめようとしたのかというと、いささか疑わしく思われます。なぜなら、谷崎は松子を怒らせ、叱《しか》られることを愉しんでいたからです。谷崎はあえて見え透いた言い訳を詫び状にまぶし、ごまかしがバレることにより、さらに相手の怒りの再生産を試みたと見るほうが妥当です。屈折した恋人たちにとって怖いのは安定です。常にあえてゆさぶりをかけて、ヒヤヒヤ、イライラ、ハラハラしながら関係をつなぐことこそが悦びなのですから。

谷崎は代表作の一つ『痴人の愛』においても、主人公の焦燥をナオミがあおることにより、物語を躍動させました。こんな件《くだ》りがあります。

「彼女は自分の買いたいものは総《す》べて現金、月々の払いはボーナスが這入《はい》るまで後廻しと云うやり方。そのくせ矢張借金の言訳をするのは嫌いで、『あたしそんなこと云うのは厭《いや》だわ、それは男の役目じゃないの』と、月末になればフイと何処《どこ》かへ飛び出して行きます。ですから私は、ナオミのために自分の収入を全部捧《ささ》げていたと云ってもいいのでした。彼女を少しでもよりよく身綺麗《みぎれい》にさせて置くこと、不自由な思いや、ケチ臭いことはさせないで、のんびりと成長させてやること、――それは素《もと》より私の本懐でしたから、困る困ると愚痴りながらも彼女の贅沢《ぜいたく》を許してしまいます」

ナオミの身勝手な言い訳もまた、主人公のすさんだ愛を励ます原動力になっていたのでした。

『痴人の愛』
主人公は年頃の娘を手元で育ててから結婚するのが望みだった。ある日カフェで美しい少女ナオミと出会い、妻にするための教育を試みるが、奔放なナオミの虜になり、破滅への道を歩み始める。

へんな理由を根拠に
恋人の写真を
欲しがった

八木重吉

ね、早く写真をうつして送っておくれ。
今のは姉様のもついておるので

「お昼、なに食べよう」「わかんなーい」「食べたいもの、あるでしょ」「だって、わかんないからわかんなーい」「そうだね、じゃぼくが決めるよ」「わかんなーい」――恋をしたばかりの二人は、わけのわからない言い訳さえも受け入れ、楽しめる時期があります。むしろ言い訳ばかりのわがままを、どんどん言って困らせてほしいと思ったりします。ほんのわずかな期間だけですが。

だから八木重吉は恋の始まりのころ、ちょっとおかしな

八木重吉(やぎ・じゅうきち)明治三十一年(一八九八)~昭和二年(一九二七)。享年二十九。詩人。代表詩に『素朴な琴』がある。「この明るさのなかへ/ひとつの素朴な琴をおけば/秋の美くしさに耐えかね(て)/琴はしずかに鳴りいだすだろう」。

言い訳をして、おねだりを繰り返しました。

自作の詩『心よ』の一節、「こころよ／では　いっておいで」のように、自らの心に命じ、ためらいなく自身を解き放った二十三歳の八木重吉は、溌剌《はつらつ》と晴れ晴れとまっしぐらに、十六歳の島田とみへと向かっていきました。

二人の出会いの始めは、大正十年、女学校への編入試験に臨むとみを、重吉が家庭教師として教えたときでした。以後、重吉の恋情はとめどなく加速し、出会った翌年の一月に婚約、七月に結婚しました。

婚約から結婚までの半年間も、重吉はとみに毎日熱い手紙を書きました。たとえば、こんなふうに。

富ちゃん――これから手紙書くのは夜にしておくれ。夜書いた手紙は、翌朝読んでみると、恥ずかしい様な露骨な文が書けるから、心のままの文がかざらずに書けるから――。僕は、富ちゃんのそうした、夜の私語がききたい! あの夜ふとんの中で語った様な、二人だけにしか、知れてはならぬ「かくれたる愛の花」のささやきをききたい!

なるほど、「恥ずかしい様な露骨な文」を密《ひそ》かに愉しむためには、手紙は夜書くにかぎります。冷静を失って書くべき恥ずかしい手紙もあるかもしれません。離れていても同衾《どうきん》気分の重吉は、なんとか寝物語を続けたかったようです。

さらに重吉は、こんな課題もとみに与えました。

富さん――元気になったら、忘れちゃいけないことがあるよ、――ね、早く写真をうつして送っておくれ。今のは姉様のもついておるので、膚《はだ》につけて抱いて寐《ね》るのが、変な気がする。ね、早く、富さん一人っきりのを送っておくれ

「いっておいで」と制限なしに心に自由を与え、自分の心を見送った重吉も、さすがに姉との添い寝のインモラルは気が引け、それを言い訳に、とみに一人の写真をせがみました。

互いに共有できる嫌悪《けんお》を、しむけたい行動の動機として示すのは、なかなか頭のいい説得力のあるやり方です。

二心を隠して夫に
潔白を証明しようとした
恋のモンスター

林芙美子

帰えったら、どのようにしてりょくを
愛撫《あいぶ》してやろうかと空想している。

なかったことをないと証明するのはなかなか困難ですが、あったことをなかったことにするのはなおさら困難です。その至難の業に果敢にも挑戦したのは、『放浪記』で知られる林芙美子です。

芙美子はパリから夫、手塚緑敏《まさはる》にこんな手紙を次々に送りました。文中の「りょく」とは、緑敏の愛称です。

帰えったら、どのようにしてりょくを愛撫してやろう

林芙美子（はやし・ふみこ）
明治三十六年（一九〇三）～昭和二十六年（一九五一）。享年四十七。小説家。代表作『放浪記』は、『続放浪記』などと合わせて爆発的な人気となり、当時としては異例の約六十万部の販売を記録した。幼い頃から貧しく不遇で、各地を転々とし、男運にも恵まれなかったが、向

かと空想している。

私がいかにケンコウに、いかにセイケツな生活してい
るかを写真でおめにかける。

上心を失うことなく潑剌と生き
た芙美子の半生が、明るく歯切
れのよい文体で描かれている。
読者に勇気を与え元気にさせる
快作だ。

帰えったら、首ッ玉へかじりついてやろう。

私も十一月出たきり、リョクさんが恋いしい。

一般的な夫婦関係とは真逆の感のする語り口への違和感はさておくとして、このまっしぐらで熱烈な愛の訴えは、二人の仲の睦まじさを想像させてありありあります。しかしこの手紙は実は、芙美子が自身の後ろめたさをおいかくすための言い訳だったのです。

この手紙に到るまでの経緯を、簡単に説明します。

私生児としてブリキ屋の二階で生を享《う》けた林芙美子は、

尾道の高等女学校を十八歳で卒業後、恋人を追って上京。ところが婚約は一方的に破棄され、傷心を癒すべく日記を付け、それが『放浪記』の原形となりました。

その後芙美子は、お手伝いさんやカフェの女給などさまざまな職業を転々としながら詩人との同棲《どうせい》を経て温順な画学生、手塚緑敏と二十二歳で結婚。二十四歳のときに雑誌に連載した『秋が来たんだ』が好評を得て、『放浪記』と改題、書籍化され、驚異的なベストセラーが誕生しました。

一躍人気作家となった芙美子は、昭和六年二十七歳のとき、見聞を広めるために、あるいは、創作意欲の刺激を求めるという理由を掲げて、単身パリへと旅立ちますが、外遊の真相は別にあり、恋人の画家外山五郎の後を追うためだったとする説が有力です。それに気づいていた夫緑敏は、外山に捨てられると忠告したようです。案の定芙美子はパリ到着後外山に会い、冷たくされて別れます。そして、芙美子は落胆の気配なく、緑敏にあっけらかんと、前掲の手紙を次々に書いたのでした。

潔白を証明するための言い訳が空《むな》しく徒労に帰するとしても、言い訳する努力を惜しまないことが、重要なメッセージとなる場合があります。

言い訳のために一つウソをつくと、そのつじつま合わせに十のウソが必要になります。十のウソは百のウソで支えます。そのしちめんどくささを厭《いと》わずに、ていねいなウソの言い訳の創造を惜しまないことが、二心を抱く者たちの宿命であり、せめてもの贖罪《しょくざい》となるのでしょう。

読者を魅了した『放浪記』のへこたれないエネルギッシュな青春の息吹《いぶき》は、この手紙の中にも同じように満ちあふれています。その並外れた魅力をさらに大きく開花させるために、倫理、道徳、常識を超えたフィールドで、芙美子を野放しにし続けたいと思わせる力さえ感じます。りょくこと手塚緑敏もまた、そう思ったのではないでしょうか。

［林芙美子記念館］
引用した手紙の中の虚実ないまぜの芙美子の言葉の真意を知る手がかりの一つとして、東京新宿区中井の林芙美子記念館がある。昭和十六年（一九四一）から昭和二十六年（一九五一）まで、芙美子が生涯を閉じるまで住んでいた家がそのまま美しく残されている。落ち着いた気品のある京風数寄屋造りと、飾り気のないおおらかな民家風建築を融合させた平屋の純和風建築で、緑敏のアトリエも別棟に用意された。そして広い庭は芙美子が好きな竹林と、寒椿、ざくろ、もみじなどで埋め尽くした。この静謐な愛のすみかは、手紙の言葉の実を確かに支えている。

第二章　お金にまつわる苦しい言い訳

借金を
申し込むときも
わがままだった

武者小路実篤

実は相変らず貧乏神がとついているので僕が大事にしていたロダンのスフィンクスを手ばなそうと思うのだが

プラス思考という言葉があります。いくぶん脳天気な響きを感じるので、私は使用を控えがちですが、武者小路実篤こそは、プラス思考の先頭に立つ一人だということができます。

実篤ぐらい脳天気なプラス思考に徹することは、一貫した哲学のない中途半端《はんぱ》な人間には、決して真似《まね》できません。

彼の詩、『私はのんきに』を紹介します。プラス思考の

武者小路実篤（むしゃのこうじ・さねあつ）明治十八年（一八八五）〜昭和五十一年（一九七六）。享年九十。小説家・劇作家・画家。志賀直哉らと雑誌「白樺」を創刊。人道主義、理想主義を掲げる。理想主義の実践として「新しき村」を宮崎県児湯郡木城町に開村する。

トップリーダーの信念です。

小説『友情』は、白樺派の理想主義的な恋愛と友情を描いた代表作。

私はのんきにたのしいことを考える
すべて私の愛する者達は
私を愛する。
私のことを思ってくれる。
私は
のびのびした気もちで
仕事をしてゆく。
私はどうしてこう仕合せものなのかね。

こんな人が借金をしなければならない苦境に立たされたとき、どんな言い訳をするのでしょう。興味津々《しんしん》です。
昭和六年、実篤四十五歳のとき、次の手紙を友人に送りました。文中の「スフィンクス」とは、ロダン作のブロンズ像「小さなスフィンクス」だと思われます。

用事だけかく、
実は相変らず貧乏神がとついているので僕が大事にしていたロダンのスフィンクスを手ばなそうと思うのだが　中々《なかなか》いい買い手が見つからないので、君には拝借した金があるのでたのみ憎《にく》いのだが　七八百円に売りたいと思っているのだが君に前のは拝借したことにして　五百円でよかったら買ってもらいたいのだ　千円でも僕は売りたくなかったのだが今の場合そう云《い》ってはいられないのだ。

［実篤が借金を申し込んだ友人］
上記の手紙の宛先の友人とは、肥後熊本藩主細川家の第十六代当主で、第七十九代総理大臣、細川護熙（もりひろ）の祖父、細川護立（もりたつ）。文芸雑誌「白樺」発足の際の同人だった。武者小路実篤を始め、志賀直哉、梅原龍三郎、安井曾太郎らのパトロンとして知られている。なお、昭和六年当時の五百円は、現在の百五十万円程度と思われる。

これを読み解きます。まず貧乏神の存在を、借金依頼の真因としています。しかも実篤は貧乏神をたとえとして利用するのではなく、その実在を信じて疑わない口ぶりです。さらに、なかなかいい買い手が見つからないことが、依頼に及んだきっかけだと明言します。

つまり、借金の依頼で迷惑をかけるのは、決して自分が悪いのではなく、貧乏神と買い手がつかないせいだと真顔で言い訳しているのです。

そして、再三の借金は図々《ずうずう》しいのだけれど、七、八百円で売りたいところを、負債額を差し引いて五百円にしておくからお得です、親切でしょうと言っています。

加えて、実は千円でも売りたくなかったと伝え、お買い得感をさらに強調し、ついでにしっかり恩も着せました。

手前勝手な事情ばかりを並べ、まったく相手への配慮を欠いています。また、謙虚さが足りないというより、これほど厚かましい借金の依頼状は、なかなかありません。

したがって普通に考えれば、この手紙の成果はほとんどなかったと推測できます。「小さなスフィンクス」は現在、東京都現代美術館所蔵の旧実篤コレクションに収蔵されているので、友人の手には渡らなかった模様です。

しかし、ブロンズ像を売ることなくして、借金に成功したという可能性も十分にあります。なぜなら、「すべて私の愛する者達は／私を愛する。／私のことを思ってくれる」からです。

実際のところは、後者でした。ほどなくちゃっかり二百円の送金を受けました。

たとえわがままで自分勝手な言い訳であっても、脳天気な言い分でも、それがブレない生活信条や人生哲学に根ざした野太いものであれば、「私の愛する者達」を圧倒し、説得しうる力があるのです。ごくまれに。

ギャラの交渉に
苦心惨憺《さんたん》した
生真面目《きまじめ》な

佐藤春夫

その作家は第二流の人であり、三年も前と今日とでは稿料は――特に新聞紙の稿料は約五割も上っています。

私はギャラの交渉が苦手です。報酬に関して四の五のいうのは浅ましいと思うせいでしょうか。忌憚《きたん》なく話し合い、妥結点を探ればいいだけなのに、まるで悪事をしでかし言い訳でもするかのように卑屈になりがちです。

太宰治《だざいおさむ》に師と仰がれた詩人、小説家佐藤春夫も、ギャラのことで苦心しました。昭和四年、三十七歳のとき、福岡日日新聞での小説の連載の仕事が舞い込んだ際、快諾でき

佐藤春夫（さとう・はるお）明治二十五年（一八九二）～昭和三十九年（一九六四）。享年七十二。詩人・小説家。詩集『殉情詩集』、小説『田園の憂鬱』など。口語自由詩全盛の時代に、文語定型詩に新時代の抒情を託したり、人生の倦怠を詩情豊かに描くなどした。実直な

ませんでした。

連載一回につき、四百字詰め原稿用紙三から四枚の原稿料が三十円と聞き、あまりに安いと驚き憤慨し、早速担当者に手紙でこう訴えました。

小生が御紙《おんし》と取結んだ今日の稿料は少々低価かと思います。小生は報知では一回五十五円で書き、この次に書く大坂の新聞では六十円の筈《はず》であります。

佐藤は納得できない訳を、具体的に冷静に説明しました。感情的になると相手が意固地になり、交渉をスムーズに進めにくくなるからです。

さらに、「低価」を裏付ける別な根拠を、こうつけ加えました。

本日来訪した客の話によると、三年ほど前或《あ》る作家が

人柄で面倒見がよく、門弟も多かった。親友谷崎潤一郎の妻に惚れて長大な恋文を何通も送り結婚にこぎつけるなど、きわめて情熱的な一面も併せ持っていた。

御紙へ書いた時も一回三十円であったと伝えました。その作家は第二流の人（その真価は別として市価に於《お》いて）であり、三年も前と今日とでは稿料は——特に新聞紙の稿料は約五割も上っています。

努めて冷静にと自らを戒めていたのに、書き進むうちに興奮し、ついうかつにも他人を「第二流の人」と書いてしまいました。自分のおごりに気づいて、すぐに真価ではなく市価においてと補足して失言をフォローし、原稿料相場という客観情報を加えましたが、自身の一流の看板を汚《けが》されたことへの憤《いきどお》りがあらわになる結果となりました。

そして、お金のことを話しているうちに、いささか自己嫌悪《けんお》が兆《きざ》してきたのでしょう。自分は強欲な守銭奴ではなく、あたたかな人情家だと証明したくなり、こう言い添えました。

小生は東京に於いて最も貧乏な新聞、よみうりのために先日短篇を書きこれは一枚七円であり……小生は実際貧乏なところへならば、……稿料の問題など言わずに書くだけの考えもあります。

阿漕《あこぎ》に貧乏な者をいじめる気は毛頭ないと、器量の大きさを示しました。が、「よみうり」を貧乏な新聞とさげすむ小さな舌禍が加わりました。

論理的に淡々と、ギャラアップを求める理由を記すつもりだったのに、言い訳の言い訳が必要になる事態を招き、グタグタになりました。

感情のコントロールを失うと、言い訳もコントロール不能になるという失敗例の一種です。しかし、佐藤の自分の仕事への誇りと、それを低いギャラによって汚された無念を、どうにかして傲慢《ごうまん》さを消して伝えようとする姿勢は、ひしひしと伝わってきます。

【昭和四年の物価】

貨幣価値の正確な換算は難しいが、昭和四年当時の三十円は、今の十万円前後と考えられる。ちなみに、昭和四年前後に出版された書籍の定価は次の通り。『蝗（いなご）の大旅行』佐藤春夫著（改造社・大正十五年）三円五十銭／『機械』横光利一著（白水社・昭和六年）二円／『檸檬』梶井基次郎著（武蔵野書院・昭和六年）一円五十銭。かなり高価なものだった。

そんな熱く誠実なようすが相手を動かしたのかもしれません。契約は締結され、『更生記』というタイトルの連載が開始されることになりました。

さて、結局ギャラはいくらになったのか。残念ながら不明です。

脅迫しながら
学費の援助を求めた
したたかな
若山牧水

小生只今《ただいま》このままにて学業を止《や》めてしまえば、
今までの勉強が何の益《やく》にもたたず

脅迫は乱暴なものと相場が決まっていると思っていたら、ていねいな脅迫もあることを知り意外でした。若山牧水が明治三十七年、十八歳のときに書いた手紙についての感想です。

その手紙とは、牧水が義兄に学費の援助を求めるための依頼状でした。

牧水は詩才を中学の英語の先生に認められ、早稲田大学英文科への入学を目指し、義兄に手紙で学費の援助を求め

若山牧水（わかやま・ぼくすい）　明治十八年（一八八五）～昭和三年（一九二八）。享年四十三。明治、大正期の国民的歌人。本名は若山繁。生涯で八千六百余首を詠んだ。平明流麗な歌風。旅と酒と人を愛し、日本各地に歌碑がある。酒好きで一日一升飲んだといわれている。

ました。

こんな書き出しでした。

今より進み行くべき学校は定り候《そうら》え共《ども》、定まらぬは例の学資金の義《ぎ》に有之《これあり》、これはかりは小生いかようとも致す事叶《かな》わずして、この数日間を狂人のように自心を苦しめ居《お》り申候。

「狂人のように」と少々大袈裟《おおげさ》に苦悩を伝えてから、本題をこう切り出しました。

親は御存じの老人の上に極めての貧乏にて、親類と申してもいずれも似たり寄ったりの貧乏揃《ぞろ》いにて、ただただ力にお頼り申すは兄上さまのみに候。

そして、これまでもいろいろお世話になっておきながら、またもやあまりに厚かましいお願いであることは重々承知の上と断り、常識的な十分なわきまえがあることを強調してから、援助を受けなければならない理由を、次のように伝えました。文中の繁《しげる》は、牧水の本名です。

小生只今このままにて学業を止めてしまえば、今までの勉強が何の益《やく》にもたたず且《か》つまた坪谷の者四五人（実家の家族）は忽《たちま》ち飢え死でも致すより外《ほか》無かるべく、それにては、またあまりになさけなく候　この辺よく御察し下されし上、何卒《なにとぞ》人一人助くると思《おぼ》し召して、今より四年あまりの間、少々の御助勢なし下され度《た》く、不肖繁《ふしょうしげる》伏して願いあげまいらせ候。

〈進学を諦《あきら》めればこれまでの勉強が水の泡となり、故郷の家族が負担に耐えかね餓死する。どのみちいいことのない人間一人を助けられるのは兄上だけ〉と、自分と家族の命運を、すっかり義兄に預けてしまったのでした。

穏やかな口調のためにそれらしくありませんが、これは相手の良心に対する明らかなおどしです。

牧水と実家の家族の生殺与奪の権を、いつの間にか託されてしまった義兄は、もう依頼を受け入れるしかありませんでした。

「白鳥は哀《かな》しからずや空の青海のあをにも染まずただよふ」と、孤高の憂《うれ》いと誇りを歌い、超俗に徹する気概を美しく表現した牧水は、俗事への対応にも人並み外れて長《た》けていたようです。

相手の良心を追い詰めるスマートな言い訳は、裕福な親《しん》戚《せき》から学費の援助を引き出す際には、ぜひおすすめです。

ビッグマウスで
留学の援助を
申し出た愉快な

菊池寛

洋行したら、……思想家としても偉くなって来たいと思うのです。その上で社へ恩返しをすることも出来ると思います。

小さなウソはバレやすく大きなウソはバレにくいという俗信は、私にとってはウソです。どちらもバレるというのが経験則です。ただし、大ウソは小ウソより、いくぶんかバレにくいとはいえそうです。

いずれにしても、なぜ大ウソがバレにくいかといえば、人は信じることよりあきれることのほうが、好きだからです。あきれるような大ウソが大好物です。

菊池寛（きくち・かん）　明治二十一年（一八八八）〜昭和二十三年（一九四八）。享年五十九。小説家・劇作家・ジャーナリスト・実業家。大正八年三十一歳の菊池はすでに、「自分の思いがけない文壇的出世に夢の如き思いがして」いたようだった。そこで、上記の手紙の文末その心理を利用して、しばしば多くの企業経営者は、はばかりなく大言壮語を掲げ人心を束ねます。文藝《ぶんげい》春秋社の創設者菊池寛もまた、結構なビッグマウスだったようです。雑誌「文藝春秋」を創刊して大成功を収める二年前のことでした。大正十年、すでに流行作家としての地位を確かなものとしていた三十二歳の菊池は、大阪毎日新聞の客員として厚遇を受けていましたが、さらにムシのいい提案を同新聞社にさし向けました。

　前から考えて居たことですが、今度愈々《いよいよ》外遊することを決心したのです。米国経由で来年早々行きたいのです。それで旅費は、自分で作るつもりで居ますが、もし社の留学生にでもして下されば、大変結構なのですがいかがでしょうか。……もし社の方でそれをして下さらないのなら、現在の給与を外遊中倍額の弐《に》百円位にして下さることは出来ないでしょうか。……もし、

では、こう締めくくった。「どうもこのまま、日本に居ますと安逸な生活とつまらない虚名のために、駄目になってしまうような気がしますので、思い切って外遊し大成したいと思うのです」と。この言葉も支援を願う理由としたが、結局菊池の外遊の願いは叶わなかった。

それも出来ませんでしたら、現在の給与と社員である
こと丈はゆるして下さるようお願いします。

そして同じ手紙で菊池は、説得の補強材として、こんな理屈を展開しました。

洋行したら、二年間位は居て勉強して充分偉くなって
帰って来るつもりです。思想家としても偉くなって来
たいと思うのです。その上で社へ恩返しをすることも
出来ると思います。

偉い思想家として帰って来て原稿を書けば、新聞社にとってもプラスになるでしょうと、根拠希薄な大口を叩《たた》いて説き伏せようとしたのでした。思想家と呼ばれる存在になることも大変なのに、偉いまでつけると、かなりの高さのハードルです。なまじの神経では気が引けて言えません。

菊池は「宣伝」と題する小文の中で、自己アピールについてこう述べています。

「評判など云うものは、公平なる第三者から始まるのが本当だが……現代では謙遜《けんそん》をしたり、自分からあやまったり、するような余裕はないらしい。……いつでも出来る丈、背のびをして大声に自分を主張することが大切なのだろう」

「出来る丈、背のびをして大声に自分を主張する」は、意欲的で若々しく素敵な姿勢ではないでしょうか。このはつらつとした勢いを背景にしたビッグマウスを口実にすることとは、留学費用の援助を得るためには、なかなか有効だったのではと思われますが、さて、その成果やいかに。

残念ながらこのとき菊池の洋行は、果たされなかったようです。

ともあれ、人をあきれさせる大きなウソを、試しに一度、言い訳の中で使ってみてはいかがでしょうか。ときには背伸びも必要です。

作り話で
親友に借金を
申し込んだ嘘《うそ》つき

石川啄木

かくの如《ごと》くして違算又違算、
……完《まっ》たく絶体絶命の場合と相成り申候

困ると人はウソをつきます。だから借金をするときの言い訳は、だいたいウソばかりです。困窮の理由も返済の見込みも、まずウソと見てまちがいありません。

これは私の狭い経験から得た教訓ですから、世の中のどんなケースについても当てはまるとは限りません。

ただし、石川啄木の件に関しては、ピッタリ当てはまります。

貧困にあえぎながら、肺病により二十六歳の若さで逝《い》っ

石川啄木（いしかわ・たくぼく）　明治十九年（一八八六）〜明治四十五年（一九一二）。享年二十六。詩人・歌人。代表作は、詩集『あこがれ』、歌集『一握の砂』『悲しき玩具』など。貧困と孤独にあえぎながら、青春の挫折感と社会の不条理への挑戦を歌った。作品に陰鬱な暗さはなく、新鮮な明るさを含ん

だ作風が心地よい。

た天才詩人石川啄木は、実にしたたかな若者でした。

明治三十七年十二月、啄木十八歳のとき、四歳年上の親友金田一京助に、こんな手紙を書きました。

本月太陽へ送りたる稿〆切《しめきり》におくれて新年号へは間にあわぬとの事……この稿料（?）来《きた》る一月の晦日《みそか》でなくては取れず、又、あてにしたる時代思潮社より申訳《もうしわけ》状来り、これも違算、かくの如くして違算又違算、自分丈《だ》けは呑気《のんき》で居ても下宿屋が困り、故家《こか》が困っては、矢張呑気で居られず。完《まっ》たく絶体絶命の場合と相成り申候、一月には詩集出版と、今書きつつある小説とにて小百円は取れるつもり故《ゆえ》、それにて御返済可致《いたすべく》候《そうろう》に付《つき》、……誠に申かね候《そうら》えども金十五円許《ばか》り御拝借願われまじくや、

大意は次の通り。

〈雑誌『太陽』の編集者から、原稿が〆切に遅れたので支払いも一月末になると知らされ、時代思潮社からの稿料も遅れると通知があり、誤算だらけだ。それでも自分は呑気だが、大家は家賃が取れずに困るし、私は実家を援助できず困っている。まさに絶体絶命。一月には自分の詩集が出版され、執筆中の小説で百円ぐらいは取れる予定だから、申し訳ないが十五円貸してくれないだろうか〉

「啄木くらい嘘をつく人もなかった」と証言したのは北原白秋です。「稿料」も「時代思潮社より申訳状」も「小百円は取れる」も、この手紙の内容は大方ウソ、作り話の言い訳ばかりでした。「故家」、すなわち実家が困り、「絶体絶命」ということだけが本当でした。

しかし、どこか憎めない、なんとはない明るさ、呑気、もっといえば滑稽《こっけい》がにじむ手紙です。

啄木を心底敬愛し、裕福な自分を卑下していた金田一は、啄木から深刻に苦境を伝えられれば自分の幸福が一層際立《きわだ》ち苦痛でした。そこで啄木は、そんな金田一の内心を見越して、でたらめな言い訳をリズミカルに列挙して呑気を装《よそお》い、金田一の苦痛を軽減したほうが、金を引き出しやすいと企《たくら》んだのでしょうか。

啄木の真意は計りかねますが、いずれにしても、なんとも魅力的な借金の依頼状です。結果、このときも啄木は、金田一からお金を引き出すことに成功しました。

借金をしてまで遊興を重ねたくせに、あるときは、「はたらけど／はたらけど猶《なお》わが生活《くらし》楽にならざり／ぢつと手を見る」と清貧と社会矛盾を歌い、またあるときは、「何となく、自分を嘘のかたまりの如く思ひて、目をばつぶれる」と懺悔《ざんげ》した啄木の虚実の振れ幅はあきれるほど大きく、金田一一人を驚かせただけでなく、後世の私たちまでも翻《ほん》弄《ろう》し魅了し続けています。

言い訳の真偽なんて、もうどうでもいいと思わせてしまう、啄木の手紙のような依頼状が書けたら、それはもう一つの至芸で、あっぱれとしかいいようがありません。

残念ですが、このやり口は、私たちには到底真似できません。啄木という唯一無二《ゆいいつむに》の個性と天分だけがなし得る技で、共有できる奥義《おうぎ》はなかなか見出《みいだ》せません。

ただ一つ参考にし得る点があるとすれば、ウソの言い訳の連発です。人はこんなに見え透いたウソを続けて並べるはずがないという相手の深層心理につけいることです。啄木は金田一も拠《よ》り所《どころ》としていた性善説を、巧みに利用したのでした。

相手の不安を小さくする
キーワードを使って
前借りを頼んだ

太宰治

これ一回だけの御願いで、
……絶対にこんな厚かましい事は御願い致しませぬ
ゆえ

出版社に印税の前払いを頼むのは、なかなか勇気がいります。どんな勇気かというと、恥をしのぐ勇気です。しかも私ぐらいの年頃になると、若い時分よりもますますそれを必要とし、つい先日もありったけの勇気を振り絞り、ある出版社に印税の前払いを頼み、今私はへとへとです。

だから、太宰治の気持ちが痛いほどよくわかります。

疎開《そかい》先の青森から東京三鷹に戻った彼は、昭和二十一年

太宰治（だざい・おさむ）明治四十二年（一九〇九）～昭和二十三年（一九四八）。享年三十八。小説家。代表作に『斜陽』『走れメロス』『津軽』『お伽草紙』『人間失格』などがある。

の十二月二十四日に、こんな書き出しの手紙を東京麴町《こうじまち》の前田出版社に送りました。

きょうは一つ御願いがございますのですが、日頃の放漫政策がたたって、年末に相成りますと甚だ窮し、「津軽」の約束のしるしという名目(名目はどうでもいいんですけど)とにかく、印税の内から二千円ほど所謂《いわゆる》越年資金として、いただく事が出来たら、この急場を切り抜けられるようなんです。

『津軽』は、太宰が故郷津軽を見直すために、昭和十九年、戦時中に三週間にわたって現地取材して描いた紀行文的小説です。戦後の混乱期の貨幣価値の換算は難しいのですが、一説によれば当時の二千円は、現在の約二十万円といったところのようです。

戦後の窮乏のときだけに、「越年資金」は共感を得るための言い訳のキーワードの一つとして、効果的だったに違いありません。

さらに彼は、こう続けます。

何だかこちらへ来て、家の手入れなどしているうちに案外なほどお金がかかり、御無理を承知で、汗顔ながら御助勢のほど、たのみいります。

「家の手入れ」という言い訳は、空襲の被害によるものでしょうから、これもまた相手の同情を呼び起こしたはずです。

太宰の家のあった東京三鷹の近くには、戦前東洋一の航空機メーカー、中島飛行機の工場があり、アメリカ軍にも恐れられた高性能な零式艦上戦闘機、いわゆる零戦《ゼロ》のエンジンを作っていたため、すさまじい空襲を受け、周辺地域にも大きな被害が及びました。

［この時期の太宰治］

太宰治が疎開先の青森金木町から東京三鷹に戻ったのは、昭和二十一年十一月十四日のことだった。上記の手紙の一か月前。この時期彼は、『たづねびと』『親友交歓』『メリイクリスマス』『ヴィヨンの妻』などの傑作を、次々に生み出している。

さらに太宰は、相手の不安を見越した決めの一言を加えることにより、念入りに懇願の成果を高めようとしたのでした。

もちろん、これは所謂越年資金で、これ一回だけの御願いで、あとは本の出来上るまで絶対にこんな厚かましい事は御願い致しませぬゆえ、どうか、このたびだけ御聞きとどけ下さいまし。

相手の不安を見越した一言とは、「これ一回だけ」です。この依頼が無際限な懇願の始まりかもしれないという相手の心配を、多少なりと小さくするのに役立つからです。〈私は何度もこんな図々しいお願いをするような、厚かましい人間ではありません〉という言い訳として、立派に機能します。

なお、「これ一回だけ」は汎用性《はんようせい》の高い言葉なので、ご利用をお勧めします。各種のシチュエーションにおいて言い訳に含めると効果的です。ただし、恋人と別れるときに、「もう一回だけ会って話したい！」などというのは、やめておいたほうがいいでしょう。自分のいじましさに辛《つら》くなるばかりです。

ちなみに、この手紙を送った同時期に太宰が書いた作品『たづねびと』を、ちょっとご紹介しておきます。戦時中の苦難のさなかにあって、人に施しを受けることの喜びと屈辱と憎しみが、上品に、そして恐ろしく描かれた名作です。

この作品を読んでから、件《くだん》の太宰の手紙を見ると、このときの太宰の胸の内が一層深く理解できます。

困り果てた人がお金のことで言い訳するときの心中は、想像以上に複雑に痛んでいるのです。恐縮とともに憎悪《ぞうお》が含まれるという重要な知見を、『たづねびと』から得ることができます。

父親に遊学の
費用をおねだり
した甘えん坊

宮沢賢治

授業料も一流の先生たちを頼んだので　殊《こと》に一人で
習うので決して廉《やす》くはありませんでしたし

いつまでも親のすねかじりをやめない息子が、父親から
お金をせびるときには、特別な言い訳を必要としません。
そのコツは、いつも通りに甘えて、仕方ないなと思わせる
ことです。
たとえば、こんなふうに。
大正十五年十二月のことでした。宮沢賢治はセロ（チェ
ロ）、タイプライター、オルガン、エスペラント語のレッ
スンのために東京にいました。

宮沢賢治（みやざわ・けんじ）
明治二十九年（一八九六）～昭
和八年（一九三三）。享年三十
七。詩人・童話作家。代表作は、
詩集『心象スケッチ　春と修
羅』、童話集『注文の多い料理
店』など。宇宙的な広がりを持
つスケールの大きさと、元素、
原子レベルにまで向かう緻密な
分析性により、特異で力強いフ

アンタジーを創造した。

同年同月、賢治から父宮沢政次郎《まさじろう》に宛《あ》てた手紙には、神田のタイピスト学校、数寄屋橋《すきやばし》の交響楽協会などの教場の具体名が並び、「夜は帰って来て次の日の分をさらいます。一時間も無効にしては居りません」などと書かれていました。

そのように、賢治が東京での奮闘ぶりを強調したのは、遊学費用の一切を父親に頼っていたためです。賢治の実家は岩手花巻で大成功を収めた商家でした。

しかし、このとき賢治すでに三十歳。本来ならとうに自立すべき年齢です。そんな状態の自分に首を傾《かし》げる父の思いを知っていた賢治は、前出の手紙の後半で恭《うやうや》しく、でもずいぶん甘えた調子でお金の支援を願い出ました。

今度の費用も非常でまことにお申し訳けありませんが、前にお目にかけた予算のような次第で　殊《こと》にこちらへ来てから案外なかかりもありました。……第一に靴が来る途中から泥がはいっていまして　修繕にやるうちどうせあとで要《い》るし　廉いと思って新らしいのを買ってしまったり　ふだん着もまたその通りせなかがあちこちほころびて新らしいのを買いました。授業料も一流の先生たちを頼んだので　殊に一人で習うので決して廉くはありませんでしたし　布団《ふとん》を借りるよりは得と思って毛布を二枚買ったり　心理学や科学の廉い本を見ては飛びついて買ってしまい　おまけに芝居もいくつか見ましたし　とうとうやっぱり最初お願いしたくらいかかるようになりました。

「雨ニモマケズ」

雨ニモマケズ／風ニモマケズ／雪ニモ夏ノ暑サニモマケヌ／丈夫ナカラダヲモチ／慾ハナク／決シテ瞋ラズ／イツモシヅカニワラッテヰル／一日ニ玄米四合ト／味噌ト少シノ野菜ヲタベ／アラユルコトヲ／ジブンヲカンジョウニ入レズニ／ヨクミキキシワカリ／ソシテワスレズ／野原ノ松ノ林ノ蔭ノ／小サナ萓ブキノ小屋ニヰテ／東ニ病気ノコドモアレバ／行ッテ看病シテヤリ／西ニツカレタ母アレバ／行ッテソノ稲ノ束ヲ負ヒ／南ニ死ニサウナ人アレバ／行ッテコハガラナクテモイヽトイヒ／北ニケンクヮヤソショウガアレバ／ツマラナイカラヤメロトイヒ／ヒドリノトキハナミダヲナガシ／サムサノナツハオロオロアル

「雨ニモマケズ／風ニモマケズ／雪ニモ夏ノ暑サニモマケヌ／丈夫ナカラダヲモチ／慾《ヨク》ハナク……」の質実で抑制的で、物欲から遠ざかって精神の充実に喜びを得ようとする賢治のイメージからは想像しにくいようすに満ちています。

賢治なら、穴の開いた靴も、背中のほころびた普段着も平気なはずです。むしろそのほうが賢治らしいのに、泥が入るからとすぐに新しいものを買ってしまったり、贅沢《ぜいたく》な個人レッスンを選んだり、毛布も一度に二枚も買っちゃうし、本も安いからと衝動買い、おまけに芝居にもいくつも行ったりと、したい放題買いたい放題で、それをまたぬけぬけと口実にして、満額支援を得ようとしています。

なかなか独り立ちできない愛息の未来を気遣う父親のせつなさに訴えかけ、仕方ないと思わせるには、こんな頃合いの甘えた言い訳が、たっぷり盛り込まれた手紙が効果的なのかもしれません。

それにしても、雨ニモマケズの賢治は、この手紙の中のどこにいるのでしょうか。もう少し詳しく探してみることにします。

キ／ミンナニデクノボートヨバ
レ／ホメラレモセズ／クニモサ
レズ／サウイフモノニ／ワタシ
ハナリタイ

南無無辺行菩薩／南無上行菩薩
／南無多宝如来／南無妙法蓮華
経／南無釈迦牟尼仏／南無浄行
菩薩／南無安立行菩薩

第三章　手紙の無作法を詫《わ》びる言い訳

それほど失礼ではない
手紙をていねいに
詫《わ》びた律儀《りちぎ》な

吉川英治

自分事を先へ
申すようですが

一般的な作法から外れた、礼儀をわきまえない手紙を書くときには、礼儀をわきまえずに書きますと宣言して書くと、礼儀知らずのそしりを受けずにすみます。

たとえば、前文を省くときには、「前略」もしくは「冠省」と書きます。これらの語の真意は、〈あえて前文を省いて、早速本題に入りますが、前文を省く失礼については承知しており、通常通りの敬意を払えず申し訳ないと思ってますので、悪《あ》しからずご了承ください〉という、一種の

吉川英治（よしかわ・えいじ）
明治二十五年（一八九二）～昭和三十七年（一九六二）。享年七十。小説家。小学校を中退し、いくつもの職業を経てから作家活動に入り、『鳴門秘帖』などで人気作家となる。『宮本武蔵』は多くの読者を得て、大衆小説の代表的な作品となる。戦後は『新・平家物語』などの大作を

書いた。幼い頃から騎手に憧れ
ていた。

釈明です。

名作『宮本武蔵《むさし》』などで知られる吉川英治は、「冠省」で始まる手紙の冒頭を、こう書きました。

冠省　自分事を先へ申すようですが　実は昨夜　関西
の旅行先から帰宅……

この手紙が書かれた経緯を、簡単に説明しておきます。

吉川英治は大の競馬好きで、優駿《ゆうしゅん》エンメイのオーナーでした。しかし、昭和三十一年の日本ダービーに出場したエンメイは不運にも転倒し骨折、殺処分となり、騎手も重傷を負いました。その際、吉川の心痛を気遣う知人から手紙が届き、吉川は、「冠省」から始まるこの手紙を返信したのでした。

「冠省」は一種の釈明であると説明しましたが、次に続く言葉、「自分事を先へ申すようですが」もまた、釈明のフレーズです。

一般的な手紙の作法では、頭語、時候、相手の様子をうかがうあいさつ、自分の様子を伝えるあいさつ、そして、本文の順に書くことになります。したがって、相手のことより自分のことを先に書いてしまうのは本来失礼です。

そこで吉川は、〈あなた様のことより自分の事を先に申し上げる非礼については承知しており、マナー違反をお詫びしますので、悪く思わないでいただきたいのですが〉という意味で、「自分事を先へ申すようですが」と書いたのでした。

そして、吉川はこの冒頭のあとに続けて、エンメイの墓参りをしてきたこと、騎手の見舞いに行き、意外に元気でほっとしたこと、エンメイの調教師夫婦の痛苦を慰めたことなどを報告し、改めて相手のあたたかな気遣いに応《こた》えるために、文末でも私事ばかりを披露してしまったことを、ていねいにこう詫びました。

つまらないことを書きました　どうか御放念の上　新緑の健康な土の香に　都塵《とじん》をお忘れ下さるように

競馬と吉川の強い関わりを知る相手は、決して吉川の報告を「つまらないこと」などと思うはずはありません。にもかかわらず吉川は、「都塵」、すなわちエンメイの騒動を忘れてくださいと、謙虚に願いました。

ここをもう少し詳しく読み解くと、こうなります。

〈私にとっては大変なことでしたが、あなた様にとりましては、取るに足らないことと承知していながら、お伝えしてしまったことを申し訳なく思っておりますので、私をお許しください。エンメイの騒動をお伝えしてしまいましたが、つまらないことはお忘れくださいと申し上げる慎みは持ち合わせておりますので、何卒《なにとぞ》悪くお思いにならないように〉

【御放念】

お忘れください、という意味。「当方元気にしておりますので、他事ながらご放念ください」などと、自分の様子を伝えるあいさつの決まり文句として使うことがある。「他事ながら」は、他人事にご興味などあるはずがないとは存じますが、という意味。二重に遠慮深い言い回しだ。

と、釈明に終始しました。

以上は、通常の礼儀をわきまえない手紙を書くときの重要な心得です。

なお、吉川の謙虚な釈明は、この手紙に限って見られるものではなく、各所で散見されます。

例えば、『現代青年道』の中でもこう述べています。

「わたくし自身が実はまだ童学の一書生にすぎないのだ、文壇の一隅から乳臭《にゅうしゅう》の作品を書いて作家とか呼ばれている人間である、……どうして現下の烈《はげ》しい時勢の潮流と、その中にある青年層へ向って、かくあれという『道』などを示す資格があろうか」

〈かくあれと「道」を示す資格がないのは、「童学の一書生」で、乳臭い作品を書く者にすぎないから〉と、実に謙虚に釈明しています。

親友に返信できなかった
訳をツールの
せいにした

中原中也

僕には君の今の気持に手紙で返事したくなかったの
です。

私の好きな中原中也の詩を一編紹介します。

一つのメルヘン

秋の夜は、はるかの彼方《かなた》に、
小石ばかりの、河原があつて、
それに陽は、さらさらと
さらさらと射《さ》してゐるのでありました。

中原中也（なかはら・ちゅうや） 明治四十年（一九〇七）〜昭和十二年（一九三七）。享年三十。詩人。主な詩集、『山羊の歌』『在りし日の歌』など。生活の各所で感じられる愛情や悲哀を、早熟な情緒や近代的虚無感で捉え、美しい韻律を駆使して歌い上げた。「汚れつちまつた悲しみに……」は、中也の

陽といつても、まるで硅石《けいせき》か何かのやうで、
非常な個体《ママ》の粉末のやうで、
さればこそ、さらさらと
かすかな音を立ててもゐるのでした。

さて小石の上に、今しも一つの蝶《ちょう》がとまり、
淡い、それでゐてくつきりとした
影を落としてゐるのでした。

やがてその蝶がみえなくなると、いつのまにか、
今迄《まで》流れてもゐなかつた川床に、水は
さらさらと、さらさらと流れてゐるのでありました……

厳《おごそ》かな孤独が秋夜のしじまの中で美しくきらめきます。
こんな詩を書く中原中也が、親友から手紙をもらってす

代表詩。フランスの天才詩人、
ランボーを愛した。

ぐに返事が書けなかったとき、その理由をこう説明しました。

早く帰って来ませんか。僕は今月末まで東京にいます。会って話したいと思います。先日の君の手紙に、僕は返事をしていませんが、僕には君の今の気持に手紙で返事したくなかったのです。……僕は早く会って話してみたいのです。

〈僕は「君の今の気持」に誠実に応えるためには、手紙は適していないと考えていた。だから、返信しなかった僕に落ち度はない。その証拠に、僕はすぐに君に会って話したいのだ〉と釈明したのでした。

もし中也が返事をただサボってしまい、それを正当化しようとしたのなら、これはよくできた言い訳で、いつか私もちょっと使ってみようかという気もしますが、そう見るのは誤りで不謹慎です。

というのは、この手紙の宛先《あてさき》である安原喜弘は、昭和十二年、同時代の多くの作家、評論家から、その傑出した才能を惜しまれながらも、三十歳の若さで他界した詩人、中原中也の孤独な魂をいやした、数少ない親友の一人だったからです。

軽々しく相手をあざむく言葉を交わし合う関係ではなく、二人はいつも真剣でした。

安原喜弘は自著『中原中也の手紙』の中でこう言います。

「私がはじめて中原中也と会ったのは昭和三年の秋、……私は二〇歳、中原は二一歳であった。……ひたすらに純粋なる感性の世界に生きた詩人は生活圏あるいは常識圏に生きる世の多くの人々とは決定的に相容《あいい》れぬものがあったのは当然である。彼はいつも激しく周囲と衝突した。彼こそはそのようなつらい定めをもって生れてきた人といえるだろう。彼の目も、皮膚もこの時一種非情な色をたたえて澄

安原喜弘（やすはら・よしひろ）明治四十一年（一九〇八）～平成四年（一九九二）。享年八十四。東京・芝に生まれ、京都帝国大学に学び、昭和三年中原中也と知り合い親交を結ぶ。昭和四年、中原中也、河上徹太郎、大岡昇平らに加わり、同人誌「白痴群」創刊。

んでいた」

ありふれた常識とは決定的に相容れぬ中原を深く理解した友である安原もまた、「いつも激しく周囲と衝突」する、「つらい定めをもって生れてきた人」の一人だったのかもしれません。

人間の本源的な孤独と直《じか》に向き合う宿命を負った若者二人は、何を語らい何を伝え合ったのでしょうか。その詳細は不明ですが、その頃その日そのときだけの刹那《せつな》に生起する思いやイメージをそのままぶつけて語り合いたいとき、中也にとって手紙はあまりに悠長で不確かな手段でした。

そう感じる中也の生理を知る安原は、件《くだん》の手紙の中也の釈明を、きっと素直に受け入れたことと思います。

メールやSNSでは、電話では、そして、手紙では伝えたくない考えがあり、メッセージがあります。その思いはいつでも、人が人に会うための、立派な口実、十分な言い訳、確かな理由になるはずです。

手紙の失礼を
体調のせいにして
お茶を濁した　**太宰治**

これで失礼申しあげます。コンヂションがわるくて、
幾十度でも、おわび申します。

東京三鷹の玉川上水に女性とともに入水《じゅすい》し情死した太宰治は、女性の求めるまま情に流され一命を落としたという説があります。確かに太宰は多情なロマンチストでありましたが、同時に、ずば抜けた懐疑主義者でニヒリスト、あるいは冷静なリアリストでエゴイストでしたから、私は同説にはなかなか賛成できません。
『もの思ふ葦《あし》』の中で、彼は次のように述べます。彼の人生観の根っ子の部分が垣間見え面白いので、少し長くなり

ますが引用します。

なお、文中の「謂《い》い」は、〜という意味、を示す言葉です。

「デカルトの『激情論』は名高いわりに面白くない本であるが、『崇敬とはわれに益するところあらむと願望する情の謂《い》いである。』としてあったものだ。デカルトあながちぼんくらじゃないと思ったのだが、『羞恥《しゅうち》とはわれに益するところあらむと願望する情の謂いである。』もしくは、『軽蔑《けいべつ》とはわれに益するところあらむと云々《うんぬん》。』といった工合いに手当りしだいの感情を、われに益する云々ちょう句に塡《は》め込んでいってみても、さほど不体裁な言葉にならぬ。いっそ、『どんな感情でも、自分が可愛《かわい》いからこそ起る。』と言ってしまっても、どこやら耳あたらしい一理窟《りくつ》として通る。献身とか謙譲とか義俠《ぎきょう》とかの美徳なるものが、自分のためという慾念《よくねん》を、まるできんたまかなにかのようにひたがくしにかくさせてしまったので、いま出鱈目《でたらめ》に、『自分のため』と言われても、ああ慧眼《けいがん》と恐れいったりすることがないともかぎらぬような事態にたちいたるので、デカルト、べつだん卓見を述べたわけではないのである」

つまりは、〈崇敬、羞恥、軽蔑などの感情、そして、献身、謙譲、義侠などの美徳は、デカルトに言われなくても、自分をかわいがり、正当化するための欲念を、カムフラージュするための言葉だと知っているさ〉と、太宰は言っているのです。

いかがでしょう。デカルトと太宰の説を読み進むうちに、なにやら言い訳の臭《にお》いがしてきませんか。

言い訳を英語でいうと、ｅｘｃｕｓｅ（エクスキューズ）。「ｃｕｓｅ」には罪、「ｅｘ」には免れる、という意味があります。自分のために自分をかわいがり、自分に罪はないと正当化するための感情を表す語や美徳を表す語は、どうやら言い訳の仲間といえそうです。

「どんな感情でも、自分が可愛いからこそ起る」のであれば、お詫びの気持ちも自分のためであり、決して人様の不愉快をいたわることが、主眼ではありません。

そうなると、お詫びの気持ちを表すときの理由や、言い訳などは、大して重要視されるものではない、オマケみたいなもの、という考え方も生まれてきます。所詮《しょせん》、相手方に役立つものではなく、自分自身の欲念の正当化に資するものと位置付けることができます。

そんな意識があったためなのか、太宰は二十七歳のとき、先輩の小説家に、こんな手紙を書きました。

私、やっぱり、一年に一作以上書けないようで、あきらめています。死骸《しがい》のような一日一日を送っています。のこっているのは、わけのわからない、ヒステリックな、矜持《きょうじ》だけです。みんな「ダス・ゲマイネ」（筆者注・通俗性）にとられてしまった。衣紋竹《えもんだけ》が大礼服を着て歩いている感じです。がらんどうです。……丹羽文雄氏がうらやましくてなりません。あんなにどんどん書けたなら、と、私としては、あのひとは理想でさえあるのです。（けいべつでも、パラドックスでもありません。）アルプス山を眺めている感じです。「烏麦《からすむぎ》日記」いつも拝読しています。「もの思ふ葦」は、お読みになるほどのものじゃありません。

丹羽文雄（にわ・ふみお）　明治三十七年（一九〇四）～平成十七年（二〇〇五）。享年百。小説家。上記の手紙の頃、昭和十一年、丹羽は東京朝日新聞に『若い季節』を連載し、多作な人気流行作家となる。

寡作《かさく》を嘆き、自惚《うぬぼ》れを反省し、通俗小説を批判し、人気作家丹羽文雄を軽蔑しながら羨《うらや》み、相手の先輩作家の文章を読んでいると伝え、最近の自作『もの思ふ葦』を卑下しています。いったい彼は何を伝えたかったのか、支離滅裂、意味不明な手紙です。

　こんな手紙を書いたあげくに、どういうわけか送る必要を感じてしまった太宰は、とても雑に次のように締めくくりました。

これで失礼申しあげます。コンデシションがわるくて、幾十度でも、おわび申します。

敬具。

太宰治

冒頭で紹介した『もの思ふ葦』を書いたばかりの彼は、この手紙における自らの謝罪の言葉にさえ疑いの目を向けていたに違いなく、ゆえに謝罪理由も投げやりです。とってつけたように、コンディションの悪さという、同情を得やすくバレにくい言い訳でお茶をにごしました。

ただし、「コンヂシヨンがわるくて」という言い方は、太宰がまとまらない手紙を書いて後始末に困って編み出した、苦肉の言い訳かもしれませんが、そんな事情からちょっと離れてみると、意外に汎用性《はんようせい》の高いフレーズのような気もします。

〈最近体調が悪く、ふつつかな手紙となりましたことを、お詫びいたします〉というよりも、〈最近コンディション が悪いため、ふつつかな手紙になってしまいました。お許しください〉と書けば、相手に過度な心配をかけずにすむからです。

また一方で、真面目《まじめ》なふりをして人を軽くからかう言い訳として機能させることもできます。

太宰の「コンデションがわるくて」は、誠実なようすを示しながらも、どことなく人を小馬鹿《こばか》にした印象が否《いな》めません。人を食った太宰の文学に、一脈通じるものを感じます。

譲れないこだわりを
反省の言葉に
こめた

室生犀星

大変中学生めいた
手紙をかきました。

「ふるさとは遠きにありて思ふもの／そして悲しくうたふもの」という詩句で知られる詩人室生犀星は、あるとき先輩作家志《し》賀《が》直哉《なおや》から著書を贈られ、礼状をこう書きました。

拝けい　御本いただきました、お礼申し上げます、表紙文字のいろが大変に美しいと思います、「邦子《くにこ》」というのを読み永い間ああいうところどころにある実感というものに接しなかった文壇を考えました、あのお

室生犀星（むろう・さいせい）明治二十二年（一八八九）〜昭和三十七年（一九六二）。享年七十二。詩人・小説家。代表詩集は『愛の詩集』『抒情小説集』など。代表小説は、『性に眼覚める頃』『杏っ子』など。

作を好いているところは私にもあれらに近い実感があったことです。大変中学生めいた手紙をかきました。

短編『邦子』は、「邦子が自殺した事は何といっても私の責任だ。それを私は拒もうとは思わない」という懺悔《ざんげ》から始まり、邦子の夫である「私」が、罪の呵責《かしやく》と、自分のせいではないとする自己弁護との間で、苦悶《くもん》する話です。

志賀は犀星の六歳年上で礼を尽くすべき相手ですし、この深刻なテーマにふさわしい感想は、もう少し重厚であるべきだとするのが、世間一般の常識です。ところが犀星の文は重くもなく、特に儀礼的でもないので、いくぶん失礼と思われかねません。

そこで犀星は、「大変中学生めいた手紙をかきました」と言い添えたのでした。

しかし、犀星は、つい気楽に手紙を書いてしまい、後で気がついて言い訳した、というわけではありません。あえていつも通りに自分らしく書いて、誤解があるといけないので、釈明をつけ加えたのです。

犀星は手紙に限らず、いつでも自分らしい自然体の文章を書くことを大切にしました。

以前私が高円寺の古書店で偶然出会った犀星の『我が愛する詩人の伝記』も、いわば普段着の言葉で書かれた、ほっとする評伝でした。

この本は、北原白秋、萩原朔太郎など同時代の、そうそうたる詩人たちに直接取材して、その息づかいと体温を確かに伝えた名著です。例えば朔太郎についてこう書き出します。

「萩原朔太郎の長女の葉子さんが、この頃或《あ》る同人雑誌に父朔太郎の思い出という一文を掲載、私はそれを読んで文章の巧みさがよく父朔太郎の手をにぎり締めていること、そして娘というものがいかに父親を油断なく、見守り続けているかに感心した」


『我が愛する詩人の伝記』

詩人が詩人を取材して書いた詩人伝だ。北原白秋、高村光太郎、萩原朔太郎、堀辰雄、立原道造、島崎藤村などが穏やかな文調で紹介されていて心安まる。たとえば、立原道造についての書き出しは次の通り。「立原道造の思い出というものは、極めて愉しい。軽井沢の私の家の庭には雨ざらしの木の椅子があって、立原は午前にやって来ると、私が仕事をしているのを見て声はかけないで、その木の椅子に腰を下ろして、大概の日は、眼をつむって憩（やす）んでいた」。

とても親しみやすい書き方です。なのに、どんな権威ある評論家の論文よりも、朔太郎と娘との濃密な関係が、「文章の巧みさがよく父朔太郎の手をにぎり締めている」というわかりやすいあたたかな言い方により、生き生きと奥深いところまで表現され見事です。

また、「文章の巧みさ」という表現が、実に巧みに表現された犀星の文章の中にあるので、その「巧みさ」は、さぞかし卓越したものに違いないと無理なく想像できます。

犀星は、なぜわかりやすく親しみやすい書き方にしたのか、その理由を同書のあとがきで、「詩人伝は用語から高度のよそおいが習慣的に必要であったが、それががらでないし……」と記しています。

高度に小難しく書くと説得力が増すと思うのは大きなまちがいだという戒めを、遠慮深く上品に説いたのです。だから、手紙でも同様に、がらではない書き方は決してしませんでした。

「大変中学生めいた手紙をかきました」という可愛らしい言葉により、次の思いを託したのだと考えられます。

〈こんな幼稚な書き方で失礼かもしれないので、失礼の自覚をお示しすることにより、常識知らずのまったくの無礼者ではないと許していただきたいのですが、やはり「がら」ではないことはできません。むしろ「がら」ではないことをするほうが、誠意を欠いて失礼になると考えます〉

言い訳の中に、どうしても譲れないこだわりを、密《ひそ》かに上手《うま》くしまいこんだ犀星でした。

先輩作家への擦り寄り疑惑を執拗《しつよう》に否定した　横光利一

昔から私は自分より年の多い人を尊敬する癖がついているのです。「年齢」と云《い》うことにはかなり神秘な感じがあります。

唐突ですが、『機械』という横光利一の小説は、かなりおすすめです。新感覚派と呼ばれたもう一人の作家、川端《かわばた》康成《やすなり》の『伊豆の踊子』を読む機会があれば、『機械』も読んでおかないときっと損をします。どんな損かは読んでみればわかります。

さて、その横光は、二十五歳のときに卑弥呼《ひみこ》をめぐる愛憎劇『日輪』を書いて文壇にデビューしました。そんな折、

横光利一（よこみつ・りいち）明治三十一年（一八九八）～昭和二十二年（一九四七）。享年四十九。小説家。代表作は、『機械』『日輪』『純粋小説論』など。『日輪』は小説として発表された二年後の大正十四年、早くも映画化され話題を呼んだ。監督は、『地獄門』（菊池寛原

八歳年上の先輩作家から『日輪』を読みたいというはがきをもらい、封書で感謝を伝えました。すると、後日先輩作家に会ったときに、はがき対封書のアンバランスを指摘されました。

そこで横光は、大仰な封書が、先輩への好批評の請求と誤解されたのではと心配になり、改めて手紙を書いて、封書にした理由、言い訳を、次のように述べたのでした。

「成るほどあなたが葉書で下すった返信に手紙を上げたのはこれは一寸《ちょっと》おかしく思われないでもない。」と思いました。昔から私は自分より年の多い人を尊敬する癖がついているのです。「年齢」と云うことにはかなり神秘な感じがあります。……どうぞ御批評はなさらないで下さい。……読んでやろうと云われたこと、このことに私は感謝するのです。あまり私がこだわり過ぎて不愉快ですが、同じ読んで頂くなら、心持ちよ

作）でカンヌ国際映画祭（一九五四年）のグランプリを受賞した名匠衣笠貞之助だった。

〔『日輪』の衝撃度〕

評論家河上徹太郎は『日輪』をこう評す。「『日輪』は二年間がかりで完成されたものだが、その虚構に満ちた大胆な構成、物語の空想の豊かさ、その文学の視覚的絢爛さなどの点で、その出現は当時の文壇の一大驚異であった」。なるほど先輩作家が読みたくなったわけである。ちなみに先輩作家とは、夏目漱石の門下生の一人、劇作家の岡栄一郎である。

く読んでいただきたいと思いまして右一寸お邪魔させて貰《もら》いました。

はがきに封書で応えれば、なるほど影響力のある先輩作家への擦り寄りと思われかねません。横光は先輩の違和感を認めたうえで、相手におもねる意図はなく、長幼の序をわきまえ、年上を尊敬する自分のクセから出たことですと釈明しました。

しかし、そのように書きながら、これをまた好批評の請求のフリと取られまいかと憂鬱《ゆううつ》になり、「こだわり過ぎて不愉快ですが」と、さらに相手と自分の内心をまさぐるような推測を加えました。これもまた一種の言い訳で、〈私自身の不愉快だけでなく、先輩の不愉快をも承知しているという自覚があるということにより、せめてお許し願いたいのですが〉、という意味になります。

この執拗なようすは、『機械』の精密な心理劇を彷彿《ほうふつ》とさせます。

『機械』は、ネームプレート製造所の従業員三人が、親方の跡目を狙《ねら》う争いから、心理的に肉体的に、三すくみの取っ組み合いを始めるシリアスでユーモラスな話です。

たとえば、こんな件《くだ》りがあります。

「実は私は自分が悪いと云うことを百も承知しているのだが悪と云うものは何と云ったって面白い。軽部の善良な心がいらだちながら慄《ふる》えているのをそんなにもまざまざと眼前で見せつけられると、私はますます舌なめずりをして落ちついて来るのである」

これを読んで私は、屈折した性悪な男の開き直りとマゾヒスティックな愉《たの》しみにあきれながらも、苦笑しました。それは、私の心の中にも棲《す》む悪党とこの文章が握手するせいでしょう。

心の奥の奥、底の底にまで手を伸ばし、伏せられたカードを一枚一枚ていねいに起こして本心を探るような横光の異能は、もしかしたら言い訳には向いていないのかもしれません。言い訳を言った途端にその言い訳が誤解されないような言い訳を言いたくなり、言い訳が限りなく増殖していく勢いを止められなくなるからです。

私がもし先輩作家に、「なぜはがきに対して封書なの」と聞かれたら、「敬意を表すため」とだけ答えてやめます。

横光のように、〈魂胆を疑われても仕方ない〉〈年齢に神秘を感じるから〉〈他意はなく、あるのは感謝の気持ち〉〈だから絶対批評はしないで〉〈ますます批評を請求してるみたいですね〉などと、言い訳のドツボにはまらぬように注意しようと思います。

親バカな招待状を

親バカを
自覚して書いた

面白くも何とも有之間《これあるま》敷候得共《じくそうらえども》

福沢諭吉

「親バカですが――」という言葉は、親バカを演じるときの言い訳です。〈子供についての自慢話をお聞かせする失礼は十分に承知しております。さぞかしお聞き苦しく、不愉快とは思いますが、その不愉快に同情する気持ちは持ち合わせているので、どうかお許しください〉という意味になります。

慶應義塾《けいおうぎじゆく》の創設者で、『学問のすゝめ』の著者として知られる福沢諭吉は、実直な愛妻家で、四男五女の子供をもうけて溺愛《できあい》した、典型的な親バカでした。そして、親バカ

福沢諭吉（ふくざわ・ゆきち）天保五年（一八三五）～明治三十四年（一九〇一）。享年六十六。幕末・明治の啓蒙思想家・教育者。緒方洪庵に蘭学を学び、英語も修得。渡米・渡欧し各国を視察後、『西洋事情』を刊行し欧米文明を紹介。『学問のすゝめ』はベストセラーとなる。また「時事新報」を創刊、政治・時事・社会問題や婦人問題

を自覚していたので、親バカを実施する際には、周囲に対して十分注意を払い、非難を避ける努力に余念がありませんでした。

たとえば、諭吉自らが創刊した新聞、「時事新報」の編集部の部員たちに、こんな案内状を出しました。年代ははっきりしませんが、明治十五年以降、諭吉四十七歳を超える時期のものです。

扨《さて》又明日は拙宅の娘共《ども》素人《しろうと》音楽会を催すとて友達を集め、午後二時半頃より琴三味線を弄《もてあそ》び候よし、面白くも何とも有之《これある》間敷《まじく》候得共《そうらえども》、編輯局《へんしゅうきょく》の諸彦《しょげん》御申合せ御出相願度、尤《もっと》も休日の義《ぎ》、外に御約束もあらば強いて不《もう》申上《しあげず》、御都合に任《まかせ》候《そうろう》事《こと》に御座候。

大意はこうです。

〈明日は午後二時半頃から、娘たちによる三味線のホーム

などについて幅広く論説を発表した。

コンサートを開くので、面白くもなんともありませんが、皆さん、お誘い合わせの上おいでください。ただし休日のことですから、他にお約束があれば、あえてお誘いいたしません。ご都合にお任せいたします〉

「面白くも何とも有之間敷候得共」＝面白くもなんともありませんが、と謙遜《けんそん》することで、親バカの自覚を伝えたのでした。〈素人の三味線をお聴かせする暴力的な失礼については、重々承知しており、心からご同情申し上げるわけですが〉という意味になります。

また、はからずも休日出勤を強いることになる事情についても、編集部員の気分的な負担を軽減する配慮を忘れませんでした。先約を優先してほしいと伝えることで、パワハラのそしりも免れています。

親バカを実行するときは、〈もちろん親バカは十分自覚しています、百も承知です〉という意味を表す言い訳を、一言でも言葉や文章の中にまぶしておくことが大切です。

［親バカ］

福沢諭吉の自宅敷地内の別棟に、慶應義塾の外国人女性教師が住んでいたとき、この教師の飼い犬に諭吉の末娘が追いかけられ、ケガをした。そこで彼は早速外国人教師の監督役の事務長に、次の抗議文を書いた。

「今日に至り五女光事（こと）、例の如く犬に吠えられ、逃る機みにころびて怪我致し候。……子供の怪我は甚恐るべし。……如何なる事情にても其犬を逐出（おいだ）すべし」。

そうすれば、もしかしたら、相手の好意的なほほえみを引き出すことができるかもしれません。少なくとも、あからさまなあきれ顔をされることは避けられるでしょう。

手紙の無作法を
先回りして詫びた
用心深い　**芥川龍之介**

原稿用紙にて失礼いたし候。

かつて作家はしばしば原稿用紙を便せんがわりにしました。手元にいつもある紙が、原稿用紙だったからです。しかし、原稿用紙はそもそも植字工が活字を組むときに使われる用紙で、正式な便せんではないから、手紙に使うのは失礼です。

そこで芥川龍之介は原稿用紙で手紙を書くとき、冒頭でこう詫びました。

冠省　原稿用紙で御免下さい　御送りの目録拝見しま

した……

この言葉の真意は、〈前文のご挨拶《あいさつ》を省き、なおかつ原稿用紙に書くという失礼の自覚の表明をもちまして、悪しからずこの手紙をご覧いただきたいのですが、お送りいただいた目録は拝見いたしました……〉ということになります。

あるいは、こんなふうに、書くこともありました。

原稿用紙にて失礼いたし候。序文同封御送り申し候。

……

／原稿用紙で失礼します　御手紙拝見しました　小生は古今の天才を模倣し……

挨拶にかかわる失礼を敢行するとき、〈常識は承知しています、自分はそれほど非常識な人間ではないのです〉と、言い訳がましく説明しておくのが、手紙の作法上の習わしです。

また、まとまりのない手紙、なぐり書きになってしまったときには、芥川は「乱筆」を使いこのように詫びました。

右御詫びやら御断りやら御愚痴やらいろいろとりまぜ乱筆をふるい　候《そうろう》間《あいだ》よろしく御判読下され度《たく》　まずは大体恐縮の意までに如斯《かくのごとき》に御《ご》座候《ざそうろう》／右乱筆ながらとりあえず御答《おこたえ》までに　如斯に御坐候／さまざまの思《おもい》雲の如く湧《わ》きて筆のみ徒《いたずら》に渋《しぶ》り候　乱筆不尽《ふじん》

「不尽」は草々と同じ。「乱筆」とわかっているなら書き直せばいいのにそうせず、失礼の自覚を明記するだけで、相手の不満を回避しようとする作戦です。

また芥川は、ちょっと奔放な発言で不快感を与える恐れがあるときは、「妄言多《もうげんた》罪《ざい》」という常套句《じょうとうく》を使いました。

［「前略」も「草々」も言い訳］

「前略」は、前文を省く失礼をお詫びします、という意味。「草々」は、まとまらずに、ふつつかな手紙となりすみません、という意味。そう言って詫びるなら、前文のあいさつを省かず、まとまりのある内容に書き直せばいいのにそうしないのは、失礼を「前略」「草々」で、帳消しにしようとするためだ。帳消しにはできなくても、ちょっと、許してもらうためだ。

もう一つ忘れたが大島風景小品画会の文は好きですな偉《え》らがったり殊勝《しゅしょう》がったりしないで甚《はなはだ》心もちがよろしい　但《ただ》しあれを読んですぐ入会する気になる程感服するかどうかわかりません　妄言多罪

「妄言」は、根拠のない口から出まかせの言葉です。「妄言多罪」は「原稿用紙で失礼」「乱筆ながら」と同様に、おためごかしの言い訳にもならない言い訳のようにも感じられますが、あるとなしとでは、微妙に印象が異なるのは確かです。

芥川は『侏儒《しゅじゅ》の言葉』の「瑣事《さじ》」という項で、こう言っています。

「人生を幸福にする為《ため》には、日常の瑣事を愛さなければならぬ。雲の光り、竹の戦《そよ》ぎ、群雀《むらすずめ》の声、行人の顔、——あらゆる日常の瑣事の中に無上の甘露味を感じなければならぬ。

人生を幸福にする為には？——しかし瑣事を愛するものは瑣事の為に苦しまなければならぬ。庭前《にわさき》の古池に飛びこんだ蛙《かわず》は百年の愁《うれい》を破ったであろう。が、古池を飛び出した蛙は百年の愁を与えたかも知れない。いや、芭《ば》蕉《しょう》の一生は享楽《きょうらく》の一生であると共に、誰の目にも受苦の一生である。我我も微妙に楽しむ為には、やはり又微妙に苦しまなければならぬ。

人生を幸福にする為には、日常の瑣事に苦しまなければならぬ。雲の光り、竹の戦ぎ、群雀の声、行人の顔、——あらゆる日常の瑣事の中に堕地獄の苦痛を感じなければならぬ」

さりげない言い訳の一言にほっとする感受性は、それが省かれたとき寂しさを覚える感受性でもあるようです。
困ったものです。面白いものです。

第四章　依頼を断るときの上手《うま》い言い訳

裁判所からの
出頭要請を
痛快に断った無頼派

坂口安吾

私は法律の制裁よりも市井《しせい》の徳義を選びそれに従うことに致します。右、当日欠席の御返事まで。

「欲望がまた起こってきた。彼のペニスが生きた小鳥のように動き始めた」――こんな表現が含まれるD・H・ローレンスの小説『チャタレイ夫人の恋人』(伊藤整《いとうせい》訳・小山書店)が、わいせつ物頒布罪《はんぷざい》の罪で東京地検から起訴されたのは、昭和二十五年のことでした。世に言うチャタレイ事件です。この小説の内容は次の通りです。

「コニイは貴族クリフォド・チャタレイの妻となったが、結婚後間もなく、クリフォドは出征、戦傷により性不能と

坂口安吾(さかぐち・あんご)明治三十九年(一九〇六)～昭和三十年(一九五五)。享年四十八。小説家・評論家・随筆家。戦後、太宰治、織田作之助と並んで無頼派と称される。『堕落論』『恋愛論』などで特に精彩を放った。『恋愛論』の最終行、「恋愛は、人生の花であります。いかに退屈であろうとも、この

なる。クリフォドは跡継ぎを作るためにコニイに別な男性との関係を勧める。ただし、同じ階級で、出産後即男が身を引くことを条件とした。コニイは、自分は跡継ぎ製造の道具でしかないと嘆き、森番との恋に走る。性による人間性の解放を自覚したコニイは……」

最高裁最終判決まで七年を要し、結局有罪となったこの裁判中、言論弾圧、検閲制度復活を阻止するために、多くの作家や評論家たちが、伊藤と小山書店を支援しました。そして、坂口安吾もまた協力を惜しみませんでした。

しかし安吾は、東京地裁からの証人召喚状を受けた際、急迫する原稿の〆切《しめき》りを盾に、次のように拒絶しました。

小生、……目下至急執筆中……まったく寸刻のヒマもありません。召喚状の文中、応ぜない時は過料に処せられ且勾引《かつこういん》せられる、とありますが、……それに従わざる時は法律上の制裁をもって脅迫されても、私情や

ほかに花はない」は、彼のデカダンスなリリックを象徴している。

むを得なければ仕方がありません。

私は法律の制裁よりも市井の徳義を選びそれに従うことに致します。右、当日欠席の御返事まで。


「過料」とは金銭を徴収する制裁で、「勾引」とは無理矢理連れて行くことです。

安吾は絶大な公権力を笠《かさ》に着て脅迫する裁判所に対して、思い切り不快感を表現するために、「ヒマもありません」、「私情やむを得」ず、「市井の徳義」に従うから行けないと、言いのけました。

裁判という公的な大事と、締め切りという私的な小事を天秤《てんびん》にかけ、小事の重さが勝ったと説明し、傲慢《ごうまん》な公権力を愚弄《ぐろう》しようとしたのでした。

これまでの古い権威的な思想に反逆した戦後無頼派の一人、安吾の面目躍如たるものが、この言い訳の中にあります。

それに、そもそも安吾は幼い頃から服従の精神を欠いていたようです。随筆『風と光と二十の私と』の中で彼は、「私は生来放縦《ほうじゅう》で、人の命令に服すということが性格的にできない。私は幼稚園の時からサボることを覚え……」と述べています。「放縦」とは、勝手にしたいことをすることです。

幼児のころからのサボり魔だったから、言い訳も長く磨かれてきたはずです。「ヒマもありません」を、「市井の徳義を選び」と格調高くスマートに言い換え、超然として裁判所を見下すところなどは、なるほど年季を感じさせ、痛快です。

序文を頼まれ
その必要性を
否定した

高村光太郎

一体序文などいるでしょうか。
何だか蛇足のように思えます。

以前私が写真雑誌の編集にたずさわっていたとき、高名な写真家の写真展で、すばらしい作品に接する機会がしばしばありました。しかし、そのとき必ず疑問に思ったのは、作品の題名の必要性についてです。
せっかくの作品を台無しにする題名が、いかに多いことか。険悪な空の写真の題名が「不安」だったり、林立する高層ビルの写真のタイトルが「墓標」だったりすると、ガッカリします。

高村光太郎（たかむら・こうたろう）明治十六年（一八八三）～昭和三十一年（一九五六）。享年七十三。詩人・彫刻家。代表作は、詩集『道程』『智恵子抄』など。剛直な魂が抒情に思想性を加え、透明度の高い美を表現。日本近代詩の基礎を築く。「僕は冬の力、冬は僕の餌食だ」の詩句は、彼の底知れぬエネルギーを物語る。

題名がイメージを限定してしまうだけでなく、題名によって誘導されるイメージが、陳腐な場合が少なくありません。それなら「無題」がいいかというと、これまた不細工で作品を汚《けが》します。

もちろん、題名によって作品価値が高められるケースがないとはいえませんが、それは稀《まれ》です。私の好きなエルンスト・ハースの写真集の個々の写真には、タイトルがありません。写真は写真自らに語らせればいいというスタンスです。

そんなハースに似た考え方を、言い訳として利用したのが、高村光太郎でした。昭和二十二年、菊池正という詩人から、詩集の序を頼まれたとき、こんな説明をして断りました。

おハガキ拝見してよくお心が分りました。詩稿もよみました。生活からにじみ出して来た詩の趣が清らかに又鋭く、いい詩だと思いました。

ところで序文という事をもう一度考えましょう。一体序文などいるでしょうか。何だか蛇足のように思えます。小生は昔から序文をあまりつけません。「道程」の時も書きませんでした。

他の人の序文は一度ももらいません。貴下も自序を書かれたらどうでしょう。ホイットマンも「草の葉」に長い自序を書いています。他の人の序をつけるのは東洋の風習でしょうが、再考してもよくはないでしょうか。序文とは結局何でしょう。

本の序を人に頼むのは、自分より高位の人、人気のある人に巻頭でほめてもらうのが目的です。箔《はく》をつけるためにしばしば行われます。また、自分で書く序、自序では、その本の内容をかいつまんで紹介したり、収載した作品の背景説明をしたり、場合によっては、執筆中の裏話を紹介したりすることもあります。

いずれにしても、本は本編に語らせればよい、という立場からすれば、余計な推薦や説明や楽屋話などはすべて蛇足で、序は不要という光太郎のリクツは、なるほど正論といえます。光太郎自身、自らの詩集『道程』で実践しているのですから、説得力は十分です。

これは一つのいい方法です。頼み事を断りたいときには、光太郎のように、頼み事自体が不要なのではと、疑問を投げかけます。もし相手がなるほど不要かもと納得すれば、儲《もう》けものです。依頼事は消滅し、罪悪感を覚える必要も消えます。自己責任を回避するための完璧《かんぺき》な言い訳の完成です。結構いろいろと使えそうです。

なお、この断り状の実際の成果について、付記しておきます。

『高村光太郎全集』には、昭和二十二年以降に菊池の詩集に書いた序はありません。つまりこのとき、光太郎は序を書かなかったようです。

ただしなんと、昭和十九年に光太郎は、「菊池正詩集『北方詩集』序」を書き、「私は同君のますます同君たる道に徹して、行きて窮《きわ》まるところなきことを切に希《ねが》う」と締めくくっています。光太郎の代表詩『道程』の冒頭の詩句、「僕の前に道はない／僕の後ろに道は出来る」を彷彿《ほうふつ》とさせる力強いエールを、三年前に贈っていたのでした。それに他の詩人にも、光太郎はいくつも序を書いています。だから彼が昭和二十二年に、あえて序・不要論の論陣を張ったのは、それほど序に拒絶反応を持っていたというわけではなく、もしかしたら、単にめんどくさくなっただけかもしれません。光太郎は、「菊池さん、ちょっと欲しがり過ぎじゃない？」という気持ちを強調するために、言い訳を大仰に装飾したように思われます。

弟からの結婚相談に
困り果てた
気の毒な兄

谷崎潤一郎

目下の私は何等の意見をも吐く資格がない。私は自分自身の結婚に就いてすら、目下後悔しているのだから。

弟から結婚についての相談を受けて、しばらく返事をしなくても許される日本のお兄さんの代表は誰でしょうか。それは谷崎潤一郎です。

大正五年のことです。兄と同様に文学を志した弟精二、二十六歳から、結婚に関する相談を受けた兄潤一郎、三十歳は、返信をためらいました。

この前年の大正四年に石川千代子と結婚した潤一郎は、

谷崎精二（たにざき・せいじ）明治二十三年（一八九〇）～昭和四十六年（一九七一）。享年八十。小説家・英文学者。谷崎潤一郎の長弟。昭和九年より「早稲田文学」編集主幹となる。のちに早大教授、文学部長。代表作は『離合』『結婚期』など。

同居した千代子の妹せい子との関係を深め、夫婦仲は次第に健やかさを失っていきました。大正六年には、早くもせい子との同棲《どうせい》を開始。そのけしからん体験を下敷きに書かれたのが『痴人の愛』です。そんな騒然とした景色の中に舞い込んだ弟からの手紙に、兄はこう答えました。

私はとうからお前に返事を書こうと思って居た。……今迄《まで》書かなかったのは、……いかなる返辞を書いていいか分らなかったのだ。ああ云《い》う問題に対して、目下の私は何等の意見をも吐く資格がない。私は自分自身の結婚に就いてすら、目下後悔しているのだから。……私は自分の事を解決してからでなければ、他人の事などに心配したり忠告したりする余裕はないと云いたいくらいだ。

［兄弟の関係］
上記の手紙のほかに、二人の関係を示すこんな手紙がある。「僕は親子、兄弟と云う血縁の関係ある者に対しては、どうも打ち解ける事ができない」（潤一郎から精二へ・大正二年）。

要するに、「それどころじゃないんだ」と内情を正直に伝え、返信遅延の言い訳とした兄でした。しかし、突っぱねるような言い方に心が咎《とが》めたのか、結婚には反対すると明言してから、兄らしい苦言もつけ加えました。

お前が当分の間なる可《べ》く少く創作し、成る可く多く勉強し、なる可く生活を簡単にすることを忠告する。殊《こと》に断じて、無意義な放蕩《ほうとう》を慎むがいい。あんなものは、芸術の為《た》めに三文の利益をも与えはしない。私はつくづく自分を後悔して居る。「女」を知ることは大切だ。しかし普通の女遊びは決して「女」を深く知る所以《ゆえん》ではない。私は長い間の道楽の後に、この事を経験した。

結婚問題について発言する資格がないので、どう答えてよいかわからず、結果返事が遅れたという言い訳は、あまりに説得力がありすぎます。〈おいおい、それをオレに聞くなよ〉という兄潤一郎の戸惑いが目に浮かび、失礼ですが、愉快です。たとえどれだけ返事が遅れようと、スキャンダルの収拾に追われ憔悴《しょうすい》する兄を、弟は責めることはできなかったでしょう。

そこで、結論。自分より気の毒な人の言い訳は、強い力を持ちます。

ついでに言うと、自分より気の毒な人の反省を裏付けにした説教もまた、力強いものがあるといえます。

あがめたてるように女性にひざまずき、翻弄されることの喜びを、作品世界のみならず実生活でも表現し尽くしたエキセントリックな谷崎に、次のようなまっとうでオーソドックスな神経が一本通っていたとは驚きです。

「殊に断じて、無意義な放蕩を慎むがいい。あんなものは、芸術の為めに三文の利益をも与えはしない。私はつくづく自分を後悔して居る」

これもまた私には、誠に恐縮ながら、失笑を禁じ得ない意外な悔悟です。

言い訳にしてもお説教にしても、シリアスな谷崎から期せずしてにじみ出るこのユーモアは、彼の絹織物のように美しくしなやかな文学を、さらに艶《あで》やかにするために欠かせない、一つの重要な成分だったのでしょうか。谷崎文学の魅力と謎《なぞ》が、ますます深まります。

もてはやされることを
遠慮した
慎重居士《こじ》

藤沢周平

私自身作家面《づら》するつもりは毛頭ありません。本業のほかに、多少文学にかかわりを持ったということに過ぎないのです。

かつて私が雑誌の取材記者だったころ、作家や芸能人らに、子育てについての少し長めの体験談を求めたことがありました。談話をこちらでまとめる形のものでした。人気雑誌だったので、次々に取材アポを取ることができましたが、あるとても名高い女性の作家には、次のように丁重に断られてしまいました。

「談話をまとめていただくことは、遠慮させていただいて

藤沢周平（ふじさわ・しゅうへい）昭和二年（一九二七）～平成九年（一九九七）。享年六十九。小説家。代表作は、『暗殺の年輪』『たそがれ清兵衛』『蟬しぐれ』など。江戸庶民や下級武士の哀感を多く描いた。

おります。私は作家のはしくれですので、お伝えすることがあれば、自分で書かせていただきたいのです。悪《あ》しからずご理解ください」

彼女はすでに大家でした。大家のはしくれ発言に私は度肝を抜かれ敬服するとともに、穏やかな口調に秘められた、作家としての美しい矜持《きょうじ》に感動し、なまなかな自分が恥ずかしくなりました。

もしかしたら、老練な作家が面倒な仕事を断る際のスマートな言い訳だったかもしれませんが、いずれにしても、二十代の駆け出し記者を納得させるには十分な説得力がありました。

次に紹介する藤沢周平の手紙を読んだとき、ふとその大家の言葉が思い出され、すがすがしい気持ちが蘇《よみがえ》りました。

藤沢の手紙というのは、山形新聞に連載コラム『やまがた文学への招待』を執筆していた松坂俊夫《まつさかとしお》からの依頼状に対する返信です。

藤沢と松坂は山形師範学校の同窓で、在学当時、同人誌「碎氷船《さいひょうせん》」の仲間でした。そんなよしみから松坂は、昭和四十六年、『溟《くら》い海』で「オール讀物《よみもの》」新人賞を受賞した藤沢周平に、自分の連載で藤沢を紹介するための許可願いを出したのでした。

藤沢はそれに対してこう返信しました。

ご丁寧なお便りで恐縮致しました。お申し越しの件、趣旨は十分に諒解《りょうかい》しましたが、そういう企画にとりあげて頂くには、いかにも時期尚早《しょうそう》という気がします。いかがなものでしょうか。なるほどオール讀物に一、二作品がのりましたが、それでもう作家というわけでもありませんし、私自身作家面するつもりは毛頭ありません。本業のほかに、多少文学にかかわりを持ったということに過ぎないのです。

このとき藤沢はすでに四十三歳でしたが、「時期尚早」を理由に遠慮しました。

この謙虚さは、年齢故《ゆえ》の分別のなせる業とも思われますが、そもそも藤沢は冷静、恬淡《てんたん》を好み、興奮、熱狂を忌避する性質の持ち主でした。

例えば藤沢は、あるコラムの中で、熱狂についてこう語ります。

「私は熱狂がきらいである。……村も国も、熱狂の時代に入っていたのである。私自身も、その熱狂の中にいた。完全な軍国主義者で右翼だった。当然戦争に行き、そこで戦い、死ぬものだと自分を思い、その考えを深め、納得するために、さまざまな本を読んだりした。……戦後私は、めったに熱狂するということがなくなった」

藤沢は、急いで「作家面」して舞い上がることを、心底好みませんでした。実際ゆっくりと着実に歩み、本業だった「日本加工食品新聞」の編集職を辞し、作家を専業とし

【流行と熱狂嫌い】

藤沢周平は、コラム『流行嫌い』の中でも、熱狂について次のように言及している。「悲しむべきことだが、戦争の過程にも流行の心理があらわれ、人を熱狂させるのである。私には、流行というものが持つそういう一種の熱狂がこわいものに思える」。

たのは、この手紙の三年後、四十六歳になってからでした。

大家のはしくれ発言といい、四十三歳の時期尚早宣言といい、うわついた気持ちに流れることを恐れ、足をしっかり地に着けて歩もうとする、強い自制心から生まれるおごりのない言い訳は爽快《そうかい》で、安定感があり、説得力に満ちています。

ただし、この二人の言い訳の謙遜《けんそん》さや遠慮深さは、月並みなものではない気がします。〈まだ、はしくれにすぎない、もっと私は大成する〉、〈いつかは自他ともに認める作家面になってみせる〉という密《ひそ》かな自信が垣間見られます。

そんなさわやかなたくましさ、秘めたる気骨もまた、私を強く説得する所以です。

独自の偲《しの》び方を盾に
追悼文の
依頼を断った

島崎藤村

小生は黙していたいのです。その沈黙を、
故人を忍ぶ心にかえたいのです。

日本画は余白により多くの情感を表現します。島崎藤村は、あるとき日本画のそんな奥義《おうぎ》になぞらえるかのように、原稿の依頼を断り、沈黙によって真情を表現しようとしました。

饒舌《じょうぜつ》を基本とする作家の沈黙は、まさに余白です。人は何を話したかということよりも、むしろ、何を話さなかったかということによって、深意が明らかになる場合があるのですから、藤村の決断もまた立派な表現方法といえなく

島崎藤村（しまざき・とうそん）明治五年（一八七二）～昭和十八年（一九四三）。享年七十一。詩人・小説家。代表作は、詩集『若菜集』、小説『夜明け前』など。最初、初々しい恋愛詩を書いて評価され、後に小説家となる。教師時代の教え子との恋愛を題材にするなど、自らの体験を赤裸々に描く手法

を作風とした。

はありません。

藤村が原稿の依頼を断った経緯は、次の通りです。徳冨《とくとみ》蘆花《ろか》が亡《な》くなって、『蘆花全集』が昭和三年に出版される際、藤村は出版社や蘆花の関係者から、追憶を書くよう依頼されました。しかし、このように断りました。

拝復、小生は小生なりに故徳富蘆花君の生涯や仕事を追想いたしますが、そういう場合に小生は黙していたいのです。その沈黙を、故人を忍ぶ心にかえたいのです。……今の世はあまりに言葉が多過ぎるとは思いませんか、折角の御依頼ではありますが、お許し下さるようお願いします。

故人を偲ぶために「黙していたい」といった敬虔《けいけん》な心境は、何人にも侵し難い絶対的な信念や美意識であり、強い説得力を持ちます。そこで藤村は、追憶を書かない理由をそこに置くことによって、依頼を断るというぶしつけを認めてもらうための根拠にしたのでした。

つまり、これも言い訳の一種で自己弁護です。

実際のところ藤村の深意がどこにあったのかはわかりません。書きたくないから言い訳を用意したのか。それとも、件《くだん》の理由があるから書かなかったのか。『藤村全集』にあるこの手紙の注には、こんな解説があります。

「『蘆花全集』(昭和三年十月五日・新潮社刊)の第一巻が出るについて、何か行きちがいを生じていたもの」

とすれば、「行きちがい」から藤村がヘソを曲げて追憶を書きたくなくなり、後付けで言い訳をこしらえたと見るのが、正解のようです。

ともあれ、藤村の言い訳は盤石です。にもかかわらず藤村はさらに、「今の世はあまりに言葉が多過ぎるとは思いませんか」と、念入りに件の言い訳を補強します。なるほど、正論です。いつの時代も巷間《こうかん》に無駄口は満ちあふれているものです。

しかしこの補強、ちょっとやり過ぎの感が否《いな》めません。力こぶが目立ち始め、藤村らしい上品でスマートなようすが損なわれる感じがします。

たとえば借金の依頼を断るときに、家計の困窮を言い訳にするのはいいとしても、さらに、〈今の世はあまりに無駄遣いが多すぎやしませんか〉とつけ足せば、ちょっと議論の範囲を広げすぎた感が生じ、ピント外れな印象となるだけでなく、相手の浪費を責めることにもなりかねません。

したがって、「今の世はあまりに言葉が多過ぎるとは思いませんか」は、追憶を集めるという全集の企画自体、無意味なのではという根本否定にもつながる、少々過剰な自己防衛と受け取られかねないともいえるのです。

言い訳の補強をする際には、相手を全否定することにならないように、細心の注意を払う必要がありそうです。

無論、相手の企《たくら》みの全否定を目的とするのであれば、藤村の言い訳の補強は、ほどよい皮肉となり、それはそれで、効果的ですが。

意外に書が弱点で
揮毫《きごう》を断った
文武の傑物

森鷗外

小生大の悪筆にて　かようのものに一字たりとも
筆を染めしことなく

なんと十九歳の若さで東京大学医学部を卒業して軍医となった天才森鷗外は、衛生学の研究と陸軍医事の調査のため、四年余りドイツに留学し、帰国して五年後には、陸軍医学校校長の座に就きます。そして一方では、ドイツ留学中の恋愛をモチーフにした『舞姫』を著すなどして文名を挙げ、文字通り文武両道を達成し、世の中の尊敬を集め名声を高めました。

するとその人気にあやかろうと、鷗外に揮毫を求める者

森鷗外（もり・おうがい）文久二年（一八六二）〜大正十一年（一九二二）。享年六十。小説家・軍医。代表作は『舞姫』『青年』『阿部一族』など。東西の文化に精通する知識、教養を基にして、強靱な道徳、倫理観に裏打ちされた洞察力により、日本近代文学の源流を作った、夏目漱石と並び称される文豪中

が現れます。揮毫とは、「揮」はふるうで、「毫」は筆、毛筆で文字や絵をかくことです。しかし鷗外は明治二十四年、二十九歳のとき、揮毫を頼まれて断りました。相手は、歌集『片われ月』などを上梓《じょうし》していた新進の歌人金子薫園でした。

鷗外が揮毫を断った手紙の前段の大意は次の通りです。

〈拝啓　以前からあなたのお歌は読ませていただいたことがあり、ご尊敬申し上げていましたが、先日思いがけなく『片われ月』まで頂戴《ちょうだい》し、ご活躍のご様子に接することができ大変幸せです〉

と、礼儀正しく前置きをしてから、次の言い訳を交えて断りました。

御書中膠山絹海云々《こうざんけんかいうんぬん》は御承知もあるまじけれど　小生大の悪筆にて　かようのものに一字たりとも筆を染めしことなく　今又当惑いたし居候《おりそうろう》。西遊中など地方人

の文豪。

金子薫園（かねこ・くんえん）　明治九年（一八七六）～昭和二十六年（一九五一）。享年七十四。歌人。本名雄太郎。東京府立尋常中学校（現日比谷高校）中退。落合直文の「浅香社」に加わる。明治三十四年、歌集『片われ月』を刊行。

に責められしときは　大抵友人に代筆せしめし事にて
候。

意味は次の通りです。〈お手紙にありました漢詩『雨《あめ》滴膠山断《したたりてこうのやまをたち》。風吹絹海秋也《かぜふきてきぬのうみにあききたるなり》……』を揮毫せよとのご依頼については、ご存じのはずもありませんが、わたくしは極めて悪筆で、そのようなものは一字たりと、これまで書いたことがなく戸惑っております。関西方面に出向いて、地方の人にせがまれたときには、たいてい友人に代筆をさせていました〉。

確かに書は、諸芸百般に通じた多才な鷗外の数少ない弱点でした。残された鷗外の直筆の手紙を見ると、なるほど悪筆とまではいわないまでも、達筆には程遠い筆跡で、味わい深い〈ヘタウマ文字ともいえない感じです。鷗外の堂々たる人生を代表しにくい文字だったかもしれません。

そこで鷗外は、〈私は悪筆なので、揮毫なんてとんでもないお話で、これまでも一字たりとも書いたことがないのです。以前まがりなりにも揮毫の経験があれば、あなたに対して失礼となりますが、ないのですからお許しを得る資格があると思います。それに、やむを得ず揮毫せねばならないときには、代筆でごまかしたと自白する恥さらしを、あなたに対して行うことは、私がご依頼をお断りする失礼を、あがなうために役立つと思いますが、いかがでしょうか〉という真意を、件の手紙で伝えたのでした。

　書や絵など、芸才を必要とする依頼からなんとか逃れたいときには、鷗外にならい、悪筆、絵心のなさ、音痴など、その方面にかかわる生来の非才を言い訳にすると同情と理解を得やすく、角が立たないといえます。

　しかし、余談ですが、鷗外は他人に対しては、悪筆を言い訳にすることを許しませんでした。妻志げの妹栄子に宛《あ》てた鷗外のこんな手紙があります。

「下手だから手紙をくれないなんてそんないいわけは通用

しません。何も栄ちゃんの手紙をもらってお手習のお手本にするのではございません。私の此《この》手紙だってあんまり立派じゃあないでしょう」

生来の不得意が言い訳として通用しない場合もあるので、ご注意ください。

第五章　やらかした失礼・失態を乗り切る言い訳

共犯者をかばうつもりが
逆効果になった
粗忽者《そこつもの》

山田風太郎

不遜《ふそん》よ。すまなかった。風太郎一言もない。
一番おちついていた筈《はず》なんだが、やっぱり泡をくっていた。

「ああ山田ですか。あれは頭の良い子です。しかし職員室では最も評判の悪い生徒ですから、注意した方がよいかも知れませんな」と同僚教師に警告したのは、後年歴史学者として名をなす奈良本辰也《ならもとたつや》です。戦前、昭和十年代に、旧制中学で山田風太郎を教えていました。

風太郎並びに悪童連は、寄宿舎の屋根裏の秘密の小部屋でタバコを吸い、原節子などの女優のブロマイドを眺めて

山田風太郎（やまだ・ふうたろう） 大正十一年（一九二二）〜平成十三年（二〇〇一）。享年七十九。伝奇小説、推理小説、時代小説など、多彩なジャンルで人気を博し、列外の奇才と呼ばれた小説家。上記の事件で風太郎は謹慎処分となり、昼は学校の掃除、夜は反省の日々が続

はニッコリ、さらには夜な夜な寄宿舎を抜け出し、禁止されていた映画館に潜り込んだりしていました。

そして、悪行は極まり、遂《つい》には警察預かりの案件も引き起こします。昭和十五年二月、旧制中学卒業の年、悪童連の一人が警察に呼ばれ本の窃盗を白状し、共犯として風太郎の名を挙げたのでした。風太郎の盗《と》った本の数は、呆《あき》れるばかりの三百二十八冊。中学当時から大変な読書家でした。

風太郎も警察に呼ばれ尋問されましたが、友達をかばい口をわらず、相棒の小西哲夫も共犯かと聞かれたときには、「海兵に入る位の人間ですから人格高潔、立派な人です」とかばい通しました。小西は卒業前に海軍兵学校に合格し、入隊していたのです。

風太郎は取り調べ中にスキを見て抜け出し、ありあわせの材料で即製したヘンな形の封筒により、捜査の手が伸びてきていると注意喚起する手紙を小西に送りました。

いた。後年風太郎はこの時期を振り返り、トルストイの言葉を借り「幸福は単独で来るが、不幸は相ついでやって来る」と嘆息した。小西の処分内容は不明だが、海軍中尉で終戦を迎えたから、深刻な罰は受けなかったと思われる。

「驚きたがる」

山田風太郎の四方八方に伸びた無秩序な好奇心を止揚する言葉はないものかと探していると、『人間万事嘘ばっかり』という風太郎の随筆集の中に、「驚きたがる」と題する一編があった。冒頭だけ紹介する。「あけてもくれても、どうにかして人にイッパイくわせてやろうと考えているのが探偵作家である。この点からみても、文学としてあんところが小西は、このヘンな封筒のせいで上官に呼び出され、不審な手紙をよこした風太郎との関係を問い糺《ただ》され、処分を待つことになってしまいます。そこで風太郎は改めて小西に次の詫《わ》び状を書いたのでした。文中の「不遜」とは、小西のあだ名です。

不遜よ。すまなかった。風太郎一言もない。一番おちついていた筈なんだが、やっぱり泡をくっていた。……事件に関係した連中のなかで一番不遜を守ったたつもりで心中嬉《うれ》しがっていたら意外な所で一番困らせた事になっていて、泣きたい程残念だ。不遜が退学になるかも知れないと思って当分何も手につかなかった。

〈いつもの自分ではなく、「泡をくっていた」自分がしでかしたミスだから、許してもらいたい〉〈「泣きたい程残念」で「何も手につかなかった」ほど心配し、心を痛めた

まり上等のものではないようだ。尤も、文学の見方にもよるけれど。／そして、なんとかしてイッパイくわせてもらいたいと期待しているのが探偵小説のファンである。探偵小説の面白さは、要するに最後の意外性にあるのだと私は思っている」。この「イッパイくわせ」たいという思いは、風太郎が他者に対して自分に対して、いつも持っていた衝動ではなかったかと思われる。だから、本泥棒の件で警察にイッパイくわせられなかったことは、さぞかし無念だったと想像できる。地団駄を踏む風太郎が愉快だ。

のだから、どうか怒らないでほしい〉と、言い訳がましい内容です。しかし、率直でウソがなく爽快《そうかい》であたたか、そして滑稽《こっけい》みもあるので、普段は肝のすわっている風太郎の狼狽《ろうばい》ぶりが目に浮かび、小西はほほをゆるませ、風太郎を許したのではないでしょうか。

憎めない言い訳の構成要件を、風太郎のこの手紙の中から探ることができそうです。

そしてまたこの手紙の中に、彼の多方面に伸びた創作ベクトルの根源にある無垢《むく》で破天荒で、茶目っ気たっぷりな魂の影がうっすら映り込むようすを、読み取ることができるように思われます。

奇想天外なアイディアを駆使した『魔界転生』、忍法帖シリーズはもとより、『戦中派不戦日記』、『山田風太郎育児日記』などの日記文学、古今東西の千人になんなんとする著名人の臨終のようすをまとめた『人間臨終図巻』など、奔放に四散し躍動した好奇心を彷彿《ほうふつ》とさせる、並外れてエネルギッシュな生命力の大きさを、この手紙から感じ取ることができる気がして愉快です。

息子の粗相を半分
近所の子供のせいにした
親バカ

阿川弘之

さぞかし御不快であった事と存じます……此《こ》の頃何でも「チェッ」というよくない癖が出来て困っております

あるとき小説家阿川弘之を困らせる、ちょっとした事件が起こりました。

阿川が師と仰いだ志賀直哉の家に、阿川の妻が二歳十か月の長男尚之《なおゆき》を連れて挨拶《あいさつ》に出かけたとき、応対に出た志賀夫人に対して尚之が粗相をしてしまったのです。それを知った阿川は、慌《あわ》てて志賀に謝罪の手紙を書き、過《あやま》ちが起きた事情を次の通り説明しました。

阿川弘之（あがわ・ひろゆき）大正九年（一九二〇）〜平成二十七年（二〇一五）。享年九十四。小説家・評論家。東大を繰り上げ卒業し、海軍予備学生として入隊。戦後、志賀直哉の知遇を得て師事。学徒兵体験に基づいて書かれた『春の城』で文壇にデビューした。その他の主な作品に、『雲の墓標』『山本五十六』『米内光政』『井上成美』などがある。長女は、今や女優、司会者、タレント、エッセイストとして、八面六臂の活躍をする阿川佐和子。

上の男の子をつれて家内が御挨拶に出た時、「初めまして」と奥様が子供に仰有って下さったのに、「イヤダア」といって、おまけに小さい声で「チェッ」と云《い》ったのだそうです、あとで家内がずいぶん叱《しか》ったそうですが、お耳に入っていたら、さぞかし御不快であった事と存じます、近所の子供から色々新語を憶《おぼ》えて参りまして、此の頃何でも「チェッ」というよくない癖が出来て困っております……家内が呉々《くれぐれ》もお詫び申し上げてくれと申しております

年端《としは》もゆかない幼児の粗相であり、相手は忘れているかもしれず、しかも「チェッ」という舌打ちが、相手の耳に届いたかどうか定かではなかったので、この手紙がやぶ蛇になる恐れもありました。しかし阿川はもし聞こえていたら、それまでお世話になってきた志賀夫妻に対して申し訳

ないと思ったのでしょう。律儀《りちぎ》に、大変生真面目《きまじめ》に、尚之がなぜそんな不快を与える悪癖を身につけたかについて記したのでした。

これは粗相をおかした事情説明であり、決して言い訳ではなく、志賀夫妻も阿川が責任回避を目論《もくろ》んだとは、微塵《みじん》も思わなかったはずです。むしろとても丁寧な挨拶で、阿川の作品にも通底する律儀さと生真面目さを、改めて感じたことと思われます。

だから何の問題もないのですが、事情説明と言い訳との違いを考えるうえで参考になる文章があるので、ちょっとそこに焦点をあててみることにします。

「近所の子供から色々新語を憶えて参りまして、此の頃何でも『チェッ』というよくない癖が出来て困っております」というところです。

幼児は選別することなく、どこからともなく言葉を仕入れます。先日私の二歳半の孫娘が、あまりに言うことをきかないので、半ば本気、半ば冗談で、「これからはキツくしつけるよ!」と私が叱ると、孫は冗談の部分を読み取り、即座に「ナンデヤネン」とリアクションしました。私への返しとしては百点ですが、私以外の大人には使うべきではないと、言葉咎《とが》めの必要を感じました。

つまり同様に、近所の子供からよくない新語を吸収し、「チェッ」が口癖になっていたら、それを直すのが親の仕事だという言い方もできるのです。

なのに、「困っております」と、自らも被害者であるように言うのは、無責任と取られる場合もなきにしもあらずです。

志賀家と阿川家の信頼関係を前提にすれば、律儀で生真面目な事情説明であっても、信頼がないときには親バカ丸出しの言い訳と取られ得るということを、踏まえておく必要がありそうです。

わずかでもスキあらば、誤解、曲解して、言い訳がましいとなじってやろうと、手ぐすね引いて待っている人だって、中にはいないとも限らないのですから。

先輩の逆鱗《げきりん》に触れ
反省に反論を
潜ませた

新美南吉

僕らはわるい時代に育ちました。……宇野や井伏《いぶせ》や牧野における、最もつまらないものをまねするようになってしまったのです。

お世話になっている先輩を怒らせてしまったときには、全面的に謝罪します。言い訳は一切禁止です。なぜ叱られているのか、よくわからなくても、とりあえず謝っておくのが得策です。たとえ理不尽な気がしても、これまでの恩を思えば致し方ありません。そんなケースは人生の中でときどき訪れます。

では、その際、すみません、申し訳ありませんとだけいられた。『ごんぎつね』は教科

新美南吉（にいみ・なんきち）
大正二年（一九一三）～昭和十八年（一九四三）。享年二十九。児童文学作家。十八歳のときに書いた『正（しょう）坊とクロ』や『ごんぎつね』などによって、日本初の児童雑誌「赤い鳥」の主宰者鈴木三重吉に認められた。『ごんぎつね』は教科

えばよいのでしょうか。ダメです。謝りさえすればいいと思っているのかと、一層激怒されかねません。

そこで、なぜ怒らせることになってしまったのかの事情説明が必要になります。しかし、この事情説明でしくじると、不祥事を起こした芸能人や政治家のように、さらに非難の集中砲火を浴びることになります。

『ごんぎつね』の作者新美南吉も、先輩に叱られ謝りました。

ちなみに同作はこんな内容です。

いたずらな子ぎつねごんが、ある日村の兵十《へいじゅう》が川で捕ったうなぎを盗んだ。しかし、後でそのうなぎは、兵十が今《いま》際《わ》の際《きわ》のおっかあに食わせるためのものだったと知り痛く後悔し、つぐなうことにした。——そんな贖罪《しょくざい》をテーマにした不朽の名作童話です。

新美南吉は、八歳年上の巽聖歌《たつみせいか》の知遇を得て、十八歳のとき児童雑誌「赤い鳥」にこの作を発表しました。

書に掲載されるなどして、未だに多くの子供に読み継がれている。

巽聖歌は「垣根の垣根のまがりかど」から始まる、あの有名な童謡「たき火」の作詞者です。二人の親交は、南吉が結核により二十九歳で早世するまで続きました。

南吉は最晩年の昭和十七年二十九歳のとき、自身初の童話集『おじいさんのランプ』を発表する直前、あとがきを聖歌に送って読んでもらい、感想を聞きました。

聖歌の反応は最悪でした。聖歌は後年このときのことを、「私にはひどく気にいらなかった。なんでも、諧謔《かいぎやく》がすぎて、人を小馬鹿《こばか》にしたようなものであった……新人としての第一声が、こんなものではこまるといってやった」と記しています。

そこで南吉は、すぐに次のように謝罪しました。

頭《こうべ》を垂れてうかがいました。……僕らはわるい時代に育ちました。腰ぬけにされてしまいました。そのため、思うことを、まっすぐいえなくなってしまいました。

……宇野浩二《こうじ》や、井伏鱒二《ますじ》や、牧野信一にひかれていったのは、僕らの中に芽生えた虚無的なものだったのです。だから、宇野や井伏や牧野における、最もつまらないもの（あなたのお考えでは）をまねするようになってしまったのです。

いうまでもなく「頭を垂れてうかがいました」は、申し訳ありませんでした、という意味です。そして、後に続くのは、事情説明です。より丁寧な謝罪にするための心遣いです。

しかし、よく読むと、言い訳です。「人を小馬鹿にしたような」あとがきを書いてしまったのは自分の責任ではなく、時代のせいだといわんばかりに、「僕らはわるい時代に育ちました」と説明を開始しました。悪びれるようすが薄い気がします。

そして、宇野、井伏らの虚無的なものにひかれ、彼らの最もつまらないものを真似《まね》たせいで、巽を困らせるあとがきを書くことになったといっています。この部分は、時代や人に責任をなすりつけているわけではありませんが、かっこ内が問題です。「最もつまらないもの（あなたのお考えでは）」は、私はそう思いませんが、という意味に取れます。

私がもし巽なら、この謝罪文を読んで、南吉は少しも自分が悪いとは思っていないなと知り、さらに怒りを爆発させるか、おや、おかしいな?! 自分の指摘は間違っていたのだろうかと、振り上げた拳《こぶし》の収めどころを探して戸惑うか、どちらかだと思います。

巽は謝罪文を受けて、そのときどう思ったかという記録はありませんが、後年巽は、自ら編んだ『新美南吉の手紙とその生涯』の中で、件《くだん》のあとがきを挙げてから、こう述懐しています。

「別段、おこる必要もないようだ。しかし、童話を書くときは、あれほど厳しい文章を書くものが、散文となると、いつも冗漫で甘っちょろい。それが第一気にいらない」

おやおや、ちょっとおかしいですね。怒る必要はなかったようです。というか、巽は南吉の謝罪文を受けて、自分の指摘が適切なものではなかったと、気がついたのかもしれません。その証拠に、もう「諧謔がすぎ」＝ふざけすぎとか、「人を小馬鹿にした」とかいう論点は消え、「冗漫で甘っちょろい」というまったく別なことを持ち出し、拳を振り上げた言い訳にしています。

不幸にも先輩の逆鱗に触れてしまったときは、一応謝罪のそぶりを見せますが、あまりに理不尽な怒りだと思うときは、南吉のように、事情説明の中に反論をそれとなく滑り込ませておくのも一つの手かもしれません。すると、先輩が自らの誤りに気づく場合もあるのです。

なお、事情説明を言い訳と思われないようにするためには、一般的には『ごんぎつね』のごんを真似ることが肝心

『おじいさんのランプ』のあとがき（抜粋）

「はじめて世に出る童話集なので、心の中でひやひやしています。……もし少年諸君が、これらの物語を読んでちっとも面白く思わないならば、それはすっかり私のおちどになってしまうのです。君達が面白いと思ってくれるかくれないか……それがいちばん心配です。……ひょっとすると、三月もたってから、もういっぺん読んでみようという気が、起きてくるかもしれません。そうだといいのだがな、と私はひそかに思っています。」

です。過ちを知り反省するに敏であることが大切です。謝罪の鮮度が言い訳を言い訳に感じさせないために役立ちます。

南吉が巽の怒りに触れて、即座に謝罪の手紙を書いたことも、言い訳めいた謝罪文への非難を回避できた原因の一つだったと思われます。

深酒で失言して
言い訳の横綱
を利用した

北原白秋

実は貴兄との間にどういうことがあったか、
全くおぼえがないのです。

「記憶にない」は言い訳界の横綱です。まわしの色は玉虫色で、得意技は卑怯《ひきょう》なネコだまし。「記憶にない」ことにしてしまえば、その事実があったかどうかについては、何も答えずにすむので、後で事実とわかっても責めは受けません。白とも黒とも灰色とも何色とも、言いませんでしたよねと、とぼけることができます。

しかも、質問の答えは、本来ハイかイイエ以外にないのに、コンテキストを記憶の有無にすりかえるズルをしても、なんとなく通用してしまうことが多いようです。

北原白秋は友達に失礼なことを言ってしまったとき、この「記憶にない」を利用しました。その顚末《てんまつ》を、簡単に紹介します。

北原白秋は、もともとはとても道徳的で潔癖で、酒も女も近づけませんでした。ところが、二十三、四歳の頃、友人(石川啄木らしい)に連れられ吉原に赴き遊びを覚え、以来すっかり道楽者になって、前後不覚になるまで泥酔《でいすい》したり、電車の線路に寝転んで運転手を驚かせるといった蛮行を演じたりするようになってしまいました。

酒を十分知ってから、明治四十四年二十六歳のとき出した詩集『思ひ出』に、「酒の精」という詩があります。冒頭はこうです。

「酒倉に入るなかれ、奥ふかく入るなかれ、弟よ、/そこには怖《おそ》ろしき酒の精のひそめば」

酒の魔性に翻弄《ほんろう》された経験を踏まえて書いた、自らへの警告だったのでしょうか。

しかし警告も空《むな》しく、あるとき白秋は、こんな詫び状を友人服部嘉香に書くはめとなりました。

あの晩、私も酔いすぎてまことに失礼しました。実は貴兄との間にどういうことがあったか、全くおぼえがないのです。晩餐《ばんさん》前のことは気安い気持で色々お話したと思います。

きのう萩原君から一寸《ちょっと》きいたのですが、私もつくづく酒に酔っていたことを自分ながら恥入ります。何か失礼なことを申したのではないかと心配しています。あしからず御放念下さい。

「萩原君」とは詩人の萩原朔太郎。酔余服部に暴言を吐いたようです。後輩の朔太郎の証言まで利用して泥酔を証明し、覚えていないことを言い訳にして、相手の寛容を引き

服部嘉香（はっとり・よしか）明治十九年（一八八六）～昭和五十年（一九七五）。享年八十九。詩人・歌人・国語学者。早稲田大学英文科卒業。若山牧水、北原白秋らと同級。明治末から大正初期の詩壇において、論客として活躍した。

出そうとしています。〈誰だって深酒すれば礼儀のタガは緩むし、記憶も飛ぶから、まあ、仕方がないか。許そう〉という流れを狙《ねら》ったのです。

あるいは、失言をしっかり覚えていて、あえて酒のせいで忘れたことにしてしまおうとしたのかもしれません。

相手もそれ以上事を荒立てたくないときは、納得できなくとも、納得したことにするための適当な落とし所を探している場合があります。今後得られる利益を見込んで、お互いに関係の持続を優先する際には、事件の真相などどうでもよくなり、万事酒のせいにして丸く収めてしまうということもあるでしょう。

「深酒」と「記憶にない」という言い訳は、大人な解決を導き出すために、今日もあっちこっちで大活躍しています。

友人の絵を
無断で美術展に応募して

有島武郎

巧みに詫びた

然《しか》しそれがいい意志から出た事であるのを思って
我慢して下さい。

生活と芸術のいずれを選ぶか、その狭間《はざま》でもがき苦しむ若者の姿を描いたのが『生れ出《い》づる悩み』で、作者有島武郎もまた、あるとき悩みをかかえていました。

この小説のモデルの若い画家木田金次郎の絵を、本人に黙って二科会に応募して落選してしまったからです。

有島は木田に詫び状を書き、無断応募の理由を説明し、許しを請《こ》うことにしました。

その手紙を紹介する前に、二人のそもそもの関係を簡単

有島武郎（ありしま・たけお）　明治十一年（一八七八）〜大正十二年（一九二三）。享年四十五。小説家。代表作は『或る女』『カインの末裔』『生れ出づる悩み』など。徹底的に自我を肯定する姿勢を貫こうとしたが、有夫の女性編集者と恋に落ち、悲しい結末を迎えた。

に踏まえておきます。

木田金次郎は、北海道岩内《いわない》のニシン漁の漁師の子でした。東京の中学に通っていましたが、家業が不振となったため中退し、家業を助けることになりました。東京から故郷へ帰る途中、札幌で開催中の東北帝国大学農科大学（現北海道大学）の「黒百合会《くろゆりかい》」第三回展にふと立ち寄り、有島武郎の描いた絵に大いに感銘を受けます。木田は中学から絵を描き始めていました。

一方、有島は大蔵省の官吏の子で、二十五歳で渡米してハーバード大学で学び、二十九歳で帰国して後、志賀直哉や武者小路実篤らとともに雑誌「白樺《しらかば》」に参加して文学活動を開始する前、一時期東北帝国大学農科大学で教職に就き、美術サークル「黒百合会」を創《つく》り、自らも印象派風の油彩画を描いて発表していました。

展覧会で有島の絵を見た数日後、木田は自分の絵をたずさえて有島の家を訪ねました。

木田金次郎（きだ・きんじろう）明治二十六年（一八九三）〜昭和三十七年（一九六二）。享年六十九。北海道岩内町出身の画家。有島武郎の小説『生れ出づる悩み』のモデル。大正十二年、有島武郎が死去以降、家業の漁業を離れ画業に専念する。自在な作風によって岩内の自然を描いた。

そのときのようす、そしてその後の二人の関係は、有島武郎が後年木田をモデルにして書いた小説、『生れ出づる悩み』に次のように書かれています。

「君は座につくとぶっきらぼうに自分のかいた絵を見てもらいたいと言い出した」。「私は君をいやに高慢ちきな若者だと思った」。しかし、「私は（絵を）一目見て驚かずにはいられなかった。少しの修練も経てはいないし幼稚な技巧ではあったけれども、その中には不思議に力がこもっていてそれがすぐ私を襲ったからだ」。

こんな冒頭から始まり、物語の終わりには、次の言葉があります。

「僕の喉《のど》まで出そうになる言葉をしいておさえて、すべてをなげうって芸術家になったらいいだろうとは君に勧めなかった。それを君に勧めるものは君自身ばかりだ」

生活と芸術との狭間で苦悶《くもん》する木田の姿にかこつけて、芸術家一般の普遍的な懊悩《おうのう》を表現しようとした小説でした。

小説の中では生活と芸術、どちらを選択するかの決定は、木田に委《ゆだ》ねた有島でしたが、現実においては、木田を芸術に進ませたかったようです。無断応募を木田に詫びる次の手紙を見ると、有島の思惑が明らかです。釈明の言葉の中に、熱い応援メッセージがこめられています。

木田金次郎様
新聞にまで出てしまったからもう何もかも白状します。実はあなたの油絵を二科会に出品したのです。処《ところ》がそれが落選に遇《あ》ったのです。ほんとに済まない事をしたと後悔しています。然しそれがいい意志から出た事であるのを思って我慢して下さい。あれが出たらあなたが画を勉強する上に周囲の方々から都合のいい取扱いを受けられるだろうと思ったのでした。当選だって落選だってあてにはなりませんけれども兎《と》に角《かく》その点で当選すれば都合がいいと思ったのでした。呉々《くれぐれ》も許して下さい。

有島は、木田に黙って木田の作品を美術展に出品したのは、「あれが出たらあなたが画を勉強する上に周囲の方々から都合のいい取扱いを受けられるだろうと思った」からだと理由づけます。この先走った応援が木田の助けになったかどうかはわかりません。木田本人は、まだ応募の時期ではないと思っていたり、応募したいのは他の作品だと考えていたりした可能性もあるからです。

しかし、その効力はともあれ、この釈明を含む詫び状が、格別上品でさわやかな印象を持つのは、「それがいい意志から出た事であるのを思って我慢して下さい」という一文があるためです。

意味としては、〈よかれと思ってやったことだから許してください〉ということで、あからさまで押しつけがましく、恩着せがましささえ感じてしまう自己弁護です。

なのにそう思わせないのは、「それがいい意志から出た事である」と断定していないからです。「～出た事であるのを思って」とすることによって、〈いい意志から出た事だとは思えないかもしれませんが、できればそう思ってもらいたい〉という意味合いをこめ、強要を避けているためです。

さらに、「我慢して下さい」も効いています。この言葉に、〈私が犯した無神経な失礼は許されることではないので、許してくださいとはいいません。できれば、せめて我慢をしてください〉というニュアンスがこめられているためです。

ほとんど同じ意味のことを伝える釈明の言葉でも、ほんのわずかな表現の違いにより、与える印象がまったく異なってしまうことを、有島の手紙は如実《にょじつ》に物語ります。

さて、この手紙はどう作用したか。有島の好意を、親切と思ったか、おせっかいと感じたか。この手紙に対する木田の反応はわかりませんが、一つの事実は残りました。結局木田は有島に励まされ、その後北海道を代表する画家の一人になりました。

酒で親友に迷惑をかけてトリッキーに詫びた

中原中也

一人でカーニバルをやってた男

酒を飲むと暴れる人がいます。中原中也がそうでした。作家坂口安吾にはいきなりつかみかかり、文芸評論家中村光夫《みつお》には、「お前を殺すぞ」と言ってビール瓶で殴ったとか。

また、太宰治は、東中野の居酒屋で飲んでいるとき、二歳年上の中也に絡《から》まれ、こきおろされたと述懐しました。以来太宰は中也を嫌悪《けんお》しました。

かくして中也は、酔余の狼藉《ろうぜき》の果てに、周囲に詫びる機会がしばしば訪れたようです。

彼は「無題」の中で、恋人にこう謝っています。

「こひ人よ、おまへがやさしくしてくれるのに、／私は強情だ。ゆふべもおまへと別れてのち、／酒をのみ、弱い人に毒づいた。今朝／目が覚めて、おまへのやさしさを思ひ出しながら／私は私のけがらはしさを歎《なげ》いてゐる。そして／正体もなく、今茲《ここ》に告白をする、恥もなく、／品位もなく、かといつて正直さもなく／私は私の幻想に駆られて、狂ひ廻る。／人の気持をみようとするやうなことはつひになく、……」

また、昭和八年二十五歳のときには、親友安原喜弘《よしひろ》に、こんな詫び状を書きました。

昨夜は失礼しました。

其《そ》の後、自分は途中から後が　悪いと思いました。と いいますわけは、僕には時々自分が一人でいて感じたり考えたりする時のように、そのままを表《おもて》でも喋《しゃべ》舌ってしまいたい、謂《いわ》ばカーニバル的気持が起ります。その気持を格別悪いとも思いませんが、その気持の他人に於《お》ける影響を気にしだすや、しつっこくなりますので、そこからが悪いと思いました。取乱《とりみだ》した文章乍《なが》ら、右今朝から考えましたことの結果、取急ぎ　お詫旁々《かたがた》おしらせ致します。

二十九日　一人でカーニバルをやってた男

さて、どちらのお詫びが効果的でしょうか。

いずれにも言い訳の語句があります。

前者は、「私は私の幻想に駆られて、狂ひ廻る」の部分です。〈自分では制御することができない幻想が脳裏を駆け巡り、狂い回ってしまったんです。私にはどうしようもなくて、あんなことになってしまったのだから、責任はないでしょ〉、という意味が隠された言い訳です。

そして後者は、「僕には時々自分が一人でいて感じたり考えたりする時のように、そのままを表でも喋舌ってしまいたい、謂ばカーニバル的気持が起ります」の部分が言い訳です。内容は、前者とほぼ同じです。

しかし、決定的に異なる所があります。それは表現です。いうまでもなく、「カーニバル」が効いています。特に文末に署名代わりに置いた、「一人でカーニバルをやってた男」は秀逸です。この点で、前者の言い訳をはるかにしのぐ効果を発揮しています。

カーニバルの中にいる人は、無礼講に決まっています。その人にとやかく言うのは無粋です。こんなふうにトリッキーに書かれてしまっては、もう許すしかありません。

無沙汰《ぶさた》の理由を
開き直って説明した
憎めない怠け者

若山牧水

何も書きたくも無い……そんな時に強いてかいた手紙などは到底ろくな手紙じゃあるまいよ

詩人というものの正体をご存じですか。言葉のアルケミスト（錬金術師）？　いえ、怠け者です。どなただったか、かつて、「今日も働かなかった手がここにある」などと書いた詩人がいたと思います。たとえ言葉を錬金したとしても、それが果たして人様に役立つ仕事なのかという謙虚な自問がこめられた美しい言葉です。

そんな怠け者の一人、若山牧水も、無為《むい》、すなわち、何もしないでぶらぶらしていることへの憧《あこが》れを、『なまけ者と雨』という小文に託しました。

「雨を好むこころは確に無為を愛するこころである。為事《しごと》の上に心の上に、何か企てのある時は多く雨を忌《い》んで晴を喜ぶ。／すべての企てに疲れたような心にはまったく雨がなつかしい。一つ一つ降って来るのを仰いでいると、いつか心はおだやかに凪《な》いでゆく。怠けているにも安心して怠けていられるのをおもう。……

窓さきの暗くなりたるきさらぎの強降雨を見てなまけをり」

そして、怠け者牧水は、旧友からの手紙をそのままにして、しばらくご無沙汰してしまったとき、言い訳をたっぷり加えながら、こんな詫び状を送りました。

死んだか、とでも思ってはいなかったかい、まったく君に対しては死んだも同然の有様だった、謹んで御わびする。

【牧水の無沙汰の言い訳】

牧水は義兄河野佐太郎に、明治三十九年の年末、無沙汰を、こう言い訳した。「……その後はわけもなく御無沙汰になり、このごろではもう間がぬけてきまりがわるく、思ってはいても何だか手紙が書けなかったのです」。〈手紙が書けなかったのは、特に意図があってのことではなく、間が抜けて決まりが悪いという思いが自然にわいてきてしまったからで、私のせいではない気がしています〉という意味の言い訳だ。

一体僕等の間の文通は、商売人のそれと違って何も際立った用事というものは無いのだから、どうしても無沙汰になりがちである、特に僕と来たら御存じの怠け者で、よほど気でも向かねば容易のことでは端書《はがき》一本書き得ない男なので、更にそれが甚しい。が、僕は信ずるがね、我々の間の文通はそれで充分だと。何も書きたくも無いのに強いて書かなければならぬほどのことも無かろうじゃないか、そんな時に強いてかいた手紙などは到底ろくな手紙じゃあるまいよ、如何だろう。と、先《ま》ず斯《こ》う云う風の主義を固守して居る牧水だということを忘れずにいて、無沙汰の罪をばあまり手酷《てひど》く責めずにおいて呉れたまえ。先日の御手紙、難有《ありがた》く拝見。

〈言い訳の部分を翻訳すると、このようになります。
怠け癖は生来の性質で自分のせいではないのだし、怠け者はそもそもよほど気が向かないとハガキ一枚書かず、特に自分はその傾向が強いのだから、ご無沙汰も致し方ない。それに、ムリに書く手紙なんて、所詮《しよせん》ろくな手紙にならないと信じている。こんな考えを持つ僕だということをもう一度思い出して、ご無沙汰してしまった罪を、あんまり責めないでおくれよ〉

「ご無沙汰して申し訳ありません」だけですませることもできるのに、おふざけの言い訳をていねいに添えるサービス精神の旺盛《おうせい》さには、感心させられます。

さらに、「強いてかいた手紙などは到底ろくな手紙じゃあるまいよ」と、よい手紙を書くための唯一無二《ゆいいつむに》の奥義《おうぎ》をほのめかす言葉を、さりげなく言い訳の成分に加えるあたりは、実に見事です。

怠け者が面白く開き直って言い訳を交えただけなのに、とても味わい深いご無沙汰の詫びに仕上がりました。参考になります。

わけても、「強いてかいた手紙などは到底ろくな手紙じゃあるまいよ」は、ご無沙汰を正当化する言い訳として相当強力、使えそうです。

物心の支援者への
無沙汰を
斬新《ざんしん》に詫びた

石川啄木

何も書かずにいて君へ手紙かくのは苦痛だよ。

物心両面において、何かと世話になっている親戚《しんせき》に、無沙汰を決め込むのは心苦しいものです。面倒が起きて助けを求めるときにだけでなく、常日頃から近況を伝え感謝を示すのが礼儀の基だからです。

しかし、石川啄木は違っていました。妻節子の妹の夫で歌人の宮崎郁雨《いくう》に対して、意味不明に堂々としていました。精神的にも金銭的にも多大な支援を受けていた郁雨に無沙汰を詫びる際、恥じるところが少しもなく、無沙汰の言い訳さえも、まったく卑屈にならずにふてぶてしく言いのけました。
引用が少々長くなりますが、まずは、見事な啄木節を味わっていただくことにします。

御無沙汰のお詫をする。――白状すると、実は此一ケ月許《ばか》りの間、君に手紙を書くという事が僕にとって少なからぬ苦痛であった。苦痛という言葉には君多少不快を感ずるだろう。僕も実は感じのよい字と思わぬ。何故苦痛だったかというに、僕は何も書かずにいたからだ。芸術的良心とかいう奴《やつ》が、少なからず麻痺《まひ》していたからだ。怠けたのではないが、事実は怠けたと同様だ。何も書かずにいて君へ手紙かくのは苦痛だよ。家へ手紙かくのも苦痛だよ。最近の十日間に至っては、すべて苦痛であった。僕生れてからこんな苦痛を感じた事がない。……真面目――赤裸々な真面目ほどの苦痛はまたとない。今日だって不真面目ではないが、苦

> 痛は軽くなっている。……昨日の夕方からは僕自身も軽快になりかけて来た。……当分変るまいと思う。兎《と》に角この手紙は何の苦痛なしに書いてるから安心してくれ玉え。

手紙を書くのが苦痛だという理由は、創作ができないからだと言い訳しています。創作ができないのに、手紙なんか書けるわけがないと開き直ります。そんなリクツがあるのでしょうか。一般社会では通用しません。おまけに文末では、〈これまでは手紙を書くのが苦痛だったけれど、苦痛が軽くなってきて今書いているのだから、心配には及ばない〉と書く始末。

そのように書かれると、こんな気持ちが起こります。

〈えっ、誰もあなたが私に手紙を書くときの苦痛なんて、心配してませんでしたけれど。むしろ、愉快でないのは、こっちのほうなのに、なんかおかしくありませんか、あな

たの言い方は〉

ところが、不思議です。啄木の言い草は、わかったようでわからず、しかも横柄《おうへい》なのに、なんとなく啄木の個人的な事情に巻き込まれて、〈ともあれ、創作意欲がわいてきて、手紙も苦痛なく書けるようになり、なによりです〉と納得させられてしまう力を感じます。

ましてや、啄木の近くにいてその抜群な才気を強く感じていた郁雨は、啄木が創作できない苦痛を、誰よりも正しく想像できたに違いありません。

啄木の頭の中には広大無辺な言葉の海があって、手紙ぐらいはいくらでもすぐに書けることを郁雨は知っていました。

啄木の手紙は、十代の頃からのものが残されていますが、それを見るだけでも、彼が天才であったことがすぐにわかります。語彙《ごい》といい表現といい、圧倒的です。

啄木にとっての問題は、筆を執るタイミングだけでした。

こんな彼の歌があります。

何か、かう、書いてみたくなりて、
ペンを取りぬ――
花活《はないけ》の花あたらしき朝。

花生けの花が新しくなっただけで、きっかけが得られたのです。そうすれば、

誰が見ても
われをなつかしくなるごとき
長き手紙を書きたき夕《ゆうべ》

そんな夕べが自然に訪れました。
世間一般には通用しなくても、郁雨の胸には、きっとよく響いて納得できた、斬新無比な啄木の言い訳だったので

はないでしょうか。

さもなければこの横柄なお詫び状はすぐさま破り捨てられ、私たちが目にすることはできなかったはずです。

礼状が催促のサインと
思われないか
心配した

尾崎紅葉

是《これ》は決してあとねだりの寓意《ぐうい》あるにあらず

あるとき瀬戸内の親戚から私のもとに、味わい深い焼き海苔《のり》が届きました。あまりにおいしかったので、このような美味な海苔に出会ったことがないと長文の礼状をしたためたら、以後度々その焼き海苔が送られてくるようになりました。はからずも礼状が催促状の役割を果たすことになり、恐縮するばかりです。

そんな誤解を避けるために、贈答への礼状を注意深く書いたのは、名作『金色夜叉《こんじきやしゃ》』で知られる尾崎紅葉です。

今も熱海サンビーチで、銅像の姿になってモメ続けてい

尾崎紅葉（おざき・こうよう）慶応三年（一八六八）〜明治三十六年（一九〇三）。享年三十五。小説家。代表作は『金色夜叉』『多情多恨』など。十七歳で文学集団硯友社を結成、機関誌「我楽多文庫」で発表した作により、早くも文壇デビュー。新聞に連載された未完の大作『金色夜叉』は、空前の人気を呼んだ。

る貫一とお宮は、『金色夜叉』の二人の主人公です。お宮は許嫁《いいなずけ》の一高生貫一を捨て、金持ちのところに嫁ぎます。裏切られた貫一はブチ切れて、月夜の熱海の海岸で、お宮にこう未練たらたらでした。

「吁《ああ》、宮《みい》さんこうして二人が一処に居るのも今夜ぎりだ。……僕は今月今夜を忘れん、忘れるものか、死んでも僕は忘れんよ! 可《い》いか、宮さん、一月の十七日だ。来年の今月今夜になったならば、僕の涙で必ず月は曇らして見せるから、月が……月が……月が……曇ったらば、宮さん、貫一は何処《どこ》かでお前を恨んで、今夜のように泣いていると思ってくれ……それじゃ断然《いよいよ》お前は嫁《ゆ》く気だね! これまでに僕が言っても聴いてくれんのだね。ちええ、腸《はらわた》の腐った女! 姦婦《かんぷ》!!」

そうののしってから、貫一がお宮を足蹴《あしげ》にして、お宮がよろよろと倒れて泣き伏します。まさにそのシーンが、熱海サンビーチの銅像のポーズです。

話を元に戻します。この貫一お宮の生みの親の紅葉は、知人から朝鮮飴《あめ》を贈られたとき、次のように礼意を表わすと同時に、催促の意味ではないことを念のため伝えました。

［朝鮮飴の贈り主］
紅葉が朝鮮飴をもらった相手は、安田財閥の祖、安田善次郎の長男、安田善之助。善之助は大正十年、家督を継ぎ、二代目善次郎となる。安田財閥は、三井、三菱、住友と並ぶ、日本の四大財閥の一つ。紅葉が飴をいくらねだっても、かまわない相手だった。

先日御恵投被下候《くだされそうろう》　朝鮮飴　本日相開き申候処《もうしそうろうところ》　此《この》
前《まえ》のとは風味格別の上等にて　これまで曾《かつ》て口に上せ
し事無き好味　折から親類客有之《これあり》是非にとて半箱分配
大天狗《おおてんぐ》に有之候　実はこれほどとはおもわざりしに
余り気に入り嬉しく存候故《ゆえ》　わざわざ一筆したため
あらためて爰《ここ》に謝意を表し申候　是は決してあとねだ
りの寓意あるにあらず　美味に対するの礼とも可申《もうすべき》か
御蔭《おかげ》にて久しぶりにてうまき物腹に入り申候

意味はこうです。〈いただいた朝鮮飴は、かつて食べたことのないおいしさで、親類に半分分けて大得意になったほどで、あまりに嬉しかったので、感謝の礼状を書きます。

これは飴をまたねだりたい気持ちをほのめかすための礼状ではなく、純然たる美味へのお礼です。おかげ様で久しぶりにうまいものが腹に入りました〉。

お礼が催促になってしまうことを心配した、実に配慮の行き届いた礼状だといえます。

しかし、紅葉はなかなかユーモアを解す、茶目っ気もある人だったので、そんな紅葉を踏まえ憶測する相手だったら、「是は決してあとねだりの寓意あるにあらず」という、厚かましさを否定するための言い訳を添えたことが、むしろ催促のサインかもしれないと思う場合もあるでしょう。

感謝だけを正確に伝えたいなら、かえって催促に非《あら》ずという言い訳はしないほうが、得策かもしれません。

怒れる友人に
自分の非を認め詫びた
素直な

太宰治

私も、思いちがいしていたところあったように思われます。

さしたる理由がなくても、一定の説得力を持つ言い訳の言葉があります。

それは、「勘違い／誤解」などです。なぜこれらに説得力があるかというと、次のような意味が隠れているからです。

たとえば、「私の勘違いでした。お許しください」といえば、〈誰にでもある勘違いをしてしまいました。悪いとは思いますが、ありがちなミスだから、大目に見て許してください〉という意味が込められることになります。「誤解」も「勘違い」同様、ありがちなことで、誰しもが多少なりと経験する失敗です。

　そして、これらの言葉には、もう一つ説得力を強める要素が含まれています。それは、撤回という意味合いです。前言撤回、失言撤回などは、言ったことを元に戻すこと、すなわちナシにすることです。人はいつでも自分を正当化したいのに、「勘違い/誤解」していましたと言い、間違っていたと認め、自己否定するのはなかなか勇気のいることなので、撤回を厭《いと》わない心がけは、偉い、ということになるのです。

　以上の事情をふまえると、次の太宰治の詫び状の中にある言い訳も、それなりに説得力を持つといえます。

　太宰は二十五歳のときに文学同人誌で知り合った山岸外《がい》史《し》と、しばしばケンカをしました。そして、仲直りのための手紙を書きました。例えば、次のように。

きょうお手紙読み、君の閉口を知り、わるかったと思いました。みじんもふざけてはいなかったのだけれども、私も、思いちがいしていたところあったように思われます。……お引き受けして、こんな結果になり、残念に思いますが、よいものを残したいのは、私もかわらぬ気持ですから、来春、ゆっくり落ちついて、ちゃんと心のすわったところで、また、書いてみます。不取敢《とりあえず》、そのとき、また、遠慮なく、指針下さい。おわびまで。

「君の閉口」の理由の詳細は不明ですが、太宰が山岸の依頼をはぐらかすようなことがあり、山岸が激怒したようです。そこで太宰は、「わるかった」と謝り、「ふざけてはいなかった」と弁解したあと、「思いちがいしていた」と説明しました。

【太宰と山岸の友情】

太宰と山岸の交友は、激しいものだった。後年山岸は二人の関係を、次のように振り返る。「考えてみると、ぼくと太宰の友交関係には、異常にはげしいものがあったような気がしている。青春時代、あるいは青年期はそんなことかも知れないのだが、『なにかを信じていて』そして『なにかに熱狂していた』時代には、相互に逸脱的な要素もあったということにちがいない」。

そしてまた二人の交友は、まるで恋人のようだった。太宰の山岸へのこんな手紙もある。「なぜ、君は遊びに来ないのか。電車賃は三十四五銭だそうじゃないか。かえりの電車賃くらいは僕のほうで都合できる……」。

この「思いちがい」こそは、勘違いなどと同類の、説得力を持つ言い訳語です。

「思いちがい」には、〈解釈や理解のうえでの不注意による事故の一種〉というニュアンスがあります。もっといえば、〈解釈や理解のうえでの不注意による、誰にでもよくある事故の一種〉ということになります。

つまり、ある種の不可抗力によって起きた偶然の事故で、私に犯意や悪意があったわけではないということを、それとはなしに印象づける言葉です。

太宰のこんな苦心も功を奏したためでしょう。太宰と山岸の親密な関係は、終生保たれたようです。

批判はブーメラン
と気づいて
釈明を準備した

寺田寅彦

とんだ不平を聞かせてすみません。此れも矢張自分勝手な手紙だが返事を要求せぬだけがいくらか恕《ゆる》すべきものかと思います。

「天災は忘れられた頃に来る」という有名な警句を残した物理学者で随筆家の寺田寅彦は、敬愛してやまない恩師夏目漱石から、ゆったりとした余裕のある姿勢と暮らしの大切さを教えられ、その精神を正しく受け継いだ一人でした。

だが、晩年の昭和九年、五十五歳のとき寅彦は、東京帝国大学理科大学教授、理化学研究所研究員、東京帝国大学地震研究所所員などを兼務し、日常は慌《あわ》ただしさを増すば

寺田寅彦（てらだ・とらひこ）明治十一年（一八七八）〜昭和十年（一九三五）。享年五十七。地球物理学者。漱石の門下生。筆名は、吉村冬彦。科学から社会問題まで、彼の好奇心は様々な分野に向けられ、数多くの随筆がある。「金平糖の角の研究」や「ひび割れの研究」など、身

かりでした。
そこで同年の正月に、知友への手紙の中で、こんな不満を漏らしました。

> 小生も新年になってからも妙にざわざわして居《お》ります。どうもいろんな来訪者が多くて、それがみんな銘々の勝手な用事でこちらの用事はちっとも出来ません。それから手紙の返事がうるさく出席欠席の返事のハガキに×《バッテン》を付けるだけでも中々多い。世間の人は会ばかりやって居るような気がする。少ししんみり落ちついて銘々の仕事をしたらどうかという気がする。

確かに、さしたる意義や収穫がなくても、出席の証拠を残すことだけに意味がある会合があります。誰かがスピーチをしているとき、会場の隅で悪口をいっている殺伐とした光景が散見されるパーティーも少なくありません。そん

辺の物理現象に関するユニークな研究によっても知られている。

な無意味な集まりに時間を割くより、それぞれがじっくり腰を落ち着けて、自分の仕事に取り組むほうが、世の中が進むと寅彦は考えたのでした。

そして、要職を兼務していた寅彦は、さぞかし出欠の×印を書く機会が多かったことでしょう。私の知る国立大学の学部長先生のスケジュール手帳も、会議、会合の予定で真っ黒でしたから、理研や東大地震研など、さらに多くの機関に所属していた寅彦の多忙ぶりは、想像に難くありません。

しかし寅彦は、世間はみんな自分勝手だと不平をぶちまけた後に、科学者らしく自らの論理矛盾に気がつき、このように言い訳しました。

とんだ不平を聞かせてすみません。此れも矢張自分勝手な手紙だが返事を要求せぬだけがいくらか恕すべきものかと思います。

これを言い換えると、〈しまった、私のお聞かせした不平もまた、私が批判した自分勝手な行ないでした。すみません、世の中の人と同類ですが、私は出欠などの返信を要求しないだけマシだと思い、少しは許してください〉ということです。

寅彦は天災にかかわる名言だけでなく、貴重な教訓をこの手紙によって遺《のこ》したのでした。

――〈不平、批判はブーメラン。言い訳の備えあれば憂《うれ》い少なし〉。

なお、寺田寅彦の「不愉快な会合観」が、彼のコラム『人の言葉――自分の言葉』にさらに詳しく書かれているので、面白いのでご参考までに紹介しておきます。

「『今日本にあらゆる種類の全く無用な団体を作ろうとする熱、一種の狂熱がある……文学芸術の研究は決してかかる協会に伴なうものではない。文学芸術の研究は個人の努力と、それから独創的思索にたよるものだ。有名な書物を書き有名な絵をかいた偉大な日本人は、自分らを助ける協会などを要しなかった。彼らは孤独で労作したのだ。……日本の会合は時間の有害な浪費であると自分は思うと言った。……研究をさらに進めるため洋行する日本の青年学者を思ってみよ。……ところで日本へ帰って来ると、仕事をせよと奨励されずに、会合に出て宴会に出席して、雑誌を発刊して、演説をして、無報酬の講義をして、原稿を訂正して、仕事を妨げることに想像される有りとあらゆることをして、その時間を浪費せよと頼まれる。……そしてできるだけ早く疲労してしまうのが落ちだ。……』(小泉八雲の手紙。野《の》口《ぐち》米《よね》次《じ》郎《ろう》、『小泉八雲伝』より)

科学の研究には設備と費用がかかるから、どうも孤独ではできない。しかしこのヘルン(筆者注・小泉八雲)のつむじ曲がりの言葉の中には味わうべき何かはある。彼の言葉を少しばかり参考にすると日本の科学はもう少し進みはしないか」

現代においても、小泉八雲と寺田寅彦が抱いた懸念《けねん》を同様に抱いている科学者は、少なくないようです。

第六章　「文豪あるある」の言い訳

原稿を催促され
詩的に恐縮し
怠惰を詫《わ》びた

川端康成

始終心には致して居《お》りながら、
怠け癖の上に目前の金に追われて

親交のあった中央公論社の編集者から原稿の催促の手紙をもらった川端康成は、次のようにお詫びの返事を書き始めました。

御手紙拝見いたし、頰に風があたったような気持いたしました、全く面目次第もなく、御好意に添い得なかったこと、深くお詫び申上げます

川端康成（かわばた・やすなり）　明治三十二年（一八九九）〜昭和四十七年（一九七二）。享年七十二。小説家・文芸評論家。大正から昭和にかけて活躍した近現代日本文学の頂点に立つ作家の一人。昭和四十三年、日本人初のノーベル文学賞受賞。受賞理由は、「日本人の心の精髄を、すぐれた感受性をもって

「頰に風があたったよう」とは、不意に冷気に襲われたように冷やりとしたということでしょうか。恐縮のようすを物語る、いかにも川端らしい繊細で詩的な表現です。

ついては、彼の作品群の中の水際《みずぎわ》立った詩情、余情あふれる表現が、いろいろと思い出されます。「国境の長いトンネルを抜けると雪国であった。夜の底が白くなった」（『雪国』）／「踊子の今夜が汚《けが》れる」（『伊豆の踊子』）／「私は忘れますけど、あなたは覚えていてください」（『父母』）――。

川端は、杓子定規《しゃくしじょうぎ》に無粋に恐縮するのではなく、情趣を感じさせる表現を交えて、相手の逆毛立ちをなぜ戻す工夫を施しました。そして、仕事の機会を与えてもらった「御好意」を無にしたことを詫びてから、次のように言い訳しました。

始終心には致して居りながら、怠け癖の上に目前の金

表現するその叙述の巧みさ」であり、「東洋と西洋の精神的なかけ橋づくりに貢献した」ためだった。受賞対象作は、『雪国』『伊豆の踊子』『山の音』など。

に追われて、恥しい仕事をつづけて居りました。

この文章の真意を読み解くと、こうなります。

〈決して軽く考えていたために忘れてしまったのではなく、ずっと心にはかけていたという誠意は貫いておりましたので、いくぶんかはお許しいただけるのではないかと思いますが、それだけでは不十分なので、さらにご説明すれば、怠け癖という、生来の回避しがたい性癖に負けてしまったというだけでなく、窮乏する生活の中で糊口《ここう》をしのぐための仕事をせざるを得なかった事情により、その罰として、人様には決して誇り得ない、貧しい仕事を続けて恥辱にまみれたことをもちまして、約束不履行の罪をご海容いただければと思います〉

おそらく川端には、勤勉と清廉《せいれん》を旨《むね》とした実りある仕事を続けてきたという自負があったにちがいありません。しかし、自らを殊更《ことさら》におとしめることにより、約束の原稿がもらえずにいる相手の不満を少しでもやわらげ、併せて自らの大罪を小さな罪にすり替えようとしたのだと思います。

平たくいえば、〈約束破って悪かったけど、こっちはこっちで結構ひどい目にあったんだから、それに免じて、ね、今回はカンベンしてよ〉といったところでしょうか。

ともあれ、この川端の手紙は余りに自虐《じぎゃく》的で、いささか大げさすぎる謝罪にも思えますが、相手の不満、落胆の度合が大きいときには、相手に代わってとことん自分を叱《しか》る言い訳、弁明が、必要になる場合もあります。

ちなみに、「万死に値します」という古い表現をご紹介しておきます。自分が犯した失礼は、一万回の死に相当するほどの大罪だという意味です。

裏を返せば、〈それだけ重く受け止めている私は、ちょっと偉くありませんか。なかなかそこまではいえませんよ。この猛省の誠実さは、私を許す十分な理由になりませんか〉という意味の言い訳&謝罪フレーズです。

原稿を催促され
美文で
説き伏せた

泉鏡花

涼風たたば十四五回もさきを進めて其《そ》のうちに一日も早く御おおせのをと存じ　いろいろ都合あい試み候《そうら》えども……

電波は光と同じ電磁波の一種なので、一秒間に地球を七回り半、約三十万キロの速度で進むとか。したがって、今私たちの日常のいろいろな挨拶《あいさつ》は、メールやSNSにより、まさに光速で行き交っているということができます。

そして交信される内容も、双方の貴重な時間を節約するために、無駄を省いた簡潔なものが、ますます好まれるようになってきました。その結果、ともすれば敬意や情趣ま

泉鏡花（いずみ・きょうか）　明治六年（一八七三）〜昭和十四年（一九三九）。享年六十五。小説家。主な作品に、『高野聖』『外科室』『婦系図』などがある。怪奇、妖艶な世界を描く幻想文学の先駆者としても評価が高い。

でも切り詰められてしまう不幸が、あちこちで勃発《ぼっぱつ》。たとえば作家と編集者の間でも、切り詰めた挨拶のせいで、殺伐とした思いにさせたり、させられたりすることがあります。

そんな現代から、約百年前の泉鏡花が編集者に宛《あ》てた手紙を見ると、美しい情調が感じられ、心安らぎ、なんともうらやましいかぎりです。

原稿を催促された鏡花はこのように、趣深い言い訳を添えて詫びました。

先日お話申上げ候新聞のが引つづきまだすみ申さず
涼風たたば十四五回もさきを進めて其のうちに一日も
早く御おおせのをと存じ　いろいろ都合あい試み候え
どもお恥かしき儀ながら　一日一回ずつがやっとにて
いまだにゆとりこれなく　決して決してなおざりには
存ぜず候えども其のまま延引　申訳なさにお返事もお

［夏目漱石の鏡花評］

夏目漱石は鏡花の作品に触れ、次のように、辛辣な批判を加えながらも、最上級の賛辞を交えざるをえなかった。「鏡花の銀短冊というのを読んだ。不自然を極め、ヒネくレを尽し、執拗の天才をのこりなく発揮して居る。鏡花が解脱すれば日本一の文学者であるに惜しいものだ」。

そなわり候次第　いくえにもあしからず思召《おぼしめ》し下されたく
度　来月半ば頃唯今《ただいま》のをあいすませ次第と存じ候

読者を幻想世界に誘い、心地よく惑わす泉鏡花ならではの流麗な文体が、この手紙においても垣間見え、すばらしい効果を発揮しています。

シルクのドレスを指先で辿《たど》るときのように、あくまでもなめらかでつややかで心地よい、そんな件《くだん》の手紙の原文をそのまま味わうことの助けになればと思い、拙訳を次に添えます。

〈先日お話申し上げました新聞の連載が引き続きまだ済みません。涼風が立って仕事がはかどりさえすれば、十四、五回も先の原稿を書き進めておき、その余裕のもとに一日でも早くお申し越しの原稿を書こうと思いまして、いろいろ都合をつけようとしておりましたが、おはずか

［鏡花の美文］

美文を仕上げる鏡花の才筆は、文壇随一とする評者も多い。美文の一例として、随想『幼い頃の記憶』の冒頭を紹介しておく。「人から受けた印象と云うことに就いて先ず思い出すのは、幼い時分の軟らかな目に刻み付けられた様々な人々である。／年を取ってからはそれが少い。あってもそれは少年時代の憧れ易い目に、些（ちょ）っと見た何の関係もない姿が永久その記憶から離れないと云うような、単純なものではなく、忘れ得ない人々となるまでに、いろいろ複雑した動機なり、原因なりがある」。

しいことに、まだ暑いのではかどらず、一日一回ずつの連載原稿を書くのがやっとで、いまだにゆとりがなく、決して決してなおざりに思っているわけではございませんが、依然として延ばし延ばしにしてしまい 申し訳なく思うためにお返事さえも遅くなってしまいました。くれぐれも悪くお思いになりませぬようにしてください。来月半ば頃には現在の連載原稿を済ませ次第書きたいと思っております〉

要するに約束が守れないのは、暑くって仕事がはかどらないからと言い訳しているだけなのに、「涼風たたば十四五回もさきを進め」などと書かれると、典雅な平安の古《いにしえ》にワープした気になり、編集者はこの言い訳にも原稿料を支払いたくなってしまったのではないでしょうか。人が言い訳に用心するのは、その表現が安っぽく拙劣なためかもしれません。優美な粉飾が精妙に施された高級な言い訳には、進んで幻惑されたがっているとも考えられます。

鏡花の言い訳の表現は、きわめて上等な詐欺《さぎ》です。

カンペキな理由で
原稿が書けないと
言い逃れた大御所

志賀直哉

どうしてもペンを握る気分にならず

子供の頃に友達と遊ぼうとして断られ、ワケを聞くと即座に「どうしても」と返され、しょんぼりと家路についた記憶があります。この「どうしても」には、絶対に、のほかに、どんなに努力しても、という意味があります。〈君のため最大限努力したけど、絶対ダメなんだ〉と言われれば、相手を責めるわけにもいかず、引き下がらざるを得なくなるわけです。

志賀直哉も「どうしても」を使い、次のように依頼原稿を断りました。

志賀直哉（しが・なおや）明治十六年（一八八三）〜昭和四十六年（一九七一）。享年八十八。小説家。代表作、『城の崎にて』『暗夜行路』など。自伝的な心境小説的傾向の強い短編を数多く生み出し、不正や虚偽に反発する強い倫理観、鋭い感受性、強固な自我を背景に、健全な作風を築き上げ、大正、昭和を通じて、多くの文学者の指標となった。

拝呈　岡倉天心さんの事何か書くよう朝日の齋藤君を通してお約束致しましたが精神的にも体力的にもどうしてもペンを握る気分にならず甚だ申訳なく思いますが違約お許し頂きたく思います　　　　敬具

これは昭和三十九年、志賀八十一歳のときの手紙なので、「どうしても」が、通常以上に説得力のある言い訳として働いています。

この手紙を読んで思い出されるのは、志賀直哉が夏目漱石に、朝日新聞の連載小説を依頼され、一度は引き受けながら、間際に断ったエピソードです。大正三年、漱石四十七歳、志賀三十一歳のときのことでした。当時漱石は朝日新聞に自分の小説を載せる一方で、自分が連載を書かないときは、他の作家と交渉し、連載小説を書かせる編集者の役割もしていました。

残念ながら、志賀の漱石への断り状そのものは残っていませんが、志賀に断られたときの漱石の志賀への返事があるので紹介します。

御書拝見　どうしても書けないとの仰《おお》せ残念ですが已《やむ》を得ない事と思います

ここでも志賀は、「どうしても」という言葉を言い訳にしました。

慌《あわ》てた漱石はすぐに、志賀が断ってきたことを、急ぎ朝日の同僚にこう通知しました。

実は引き受けた小説の材料が引き受けた時と違った気分になってもとの通りの意気込でかけなくなったから甚だ勝手だがゆるして貰《もら》いたいと（志賀が）いうのです。段々事情を聞いて見ると先生の人生観というよう

なものが其後変化したため其問題を取り扱う態度が何《ど》うしてもうまく行かなくなったのです

漱石もまた、志賀の「何うしても」という言葉にこだわり、事情を説明しています。さらに漱石は、同じ同僚に対して日を置かずに、この騒動を次のように位置づける手紙を送りました。

志賀の断り方は道徳上不都合で小生も全く面喰いましたが　芸術上の立場からいうと至極尤《もっと》もです。今迄《まで》愛した女が急に厭《いや》になったのを強いて愛したふりで交際をしろと傍からいうのは少々残酷にも思われます。

かくして志賀は「何うしても」という言い訳により、漱石をカンペキに説得することに成功したのでした。「何うしても」は、思いのほかパワフルな言い訳です。

川端康成に序文を
もらいお礼する際に
失礼を犯した

三島由紀夫

あまり過分な序文をいただいて妙なことながら、
直接御礼申上げるのも面映ゆく

やがてノーベル賞候補になる三島由紀夫が、その後ノーベル賞作家となった川端康成に向けた言い訳があります。川端から授かった懇切な愛情に対して、三島が満腔《まんこう》の感謝を示すために用いた言い訳です。

三島がその言い訳に及ぶまでの経緯は、次の通りです。

昭和二十三年、二十三歳の三島由紀夫は、入省したての大蔵省を辞め、『盗賊』を仕上げました。恋に破れた男女が、それぞれ甘美な死へと傾斜していく中で出逢《であ》い、共謀

三島由紀夫（みしま・ゆきお）大正十四年（一九二五）～昭和四十五年（一九七〇）。享年四十五。小説家。代表作は、『仮面の告白』『潮騒』『金閣寺』など。彼のユニークな著作『三島由紀夫レター教室』では、手紙を書くときの重要な心構えを、次のように説いている。「世の中の人間は、みんな自分勝手の

して結婚の意志を装《よそお》い、そして挙式の夜に……――頽廃《たいはい》の香りに包まれた妖美《ようび》な物語が精緻《せいち》に進展する渾身《こんしん》の作でした。三島は序文を師と仰ぐ川端に依頼しました。

すると川端は次の序文を贈りました。

「……私は三島君の早成の才華が眩《まぶ》しくもあり、痛ましくもある。……私はこの最年少の作家が人生を確実にし、古典と近代、虚空《こくう》の花と内心の悩みとを結実するよう、かねて望んでいる。……」

そのすばらしい才能の輝きを絶賛するとともに、危うい苦悩をかかえる三島が自らの作品によって救われ、人生を安定感のある確かなものにすることを願う、とてもあたたかなエールと読み取ることができます。

これを受けて三島は、次の礼状を送りました。

御多忙のところを、「盗賊」のために序文をいただきまして、洵《まこと》にありがとうございました。……十ぺんほ

目的へ向かって邁進しており、他人に関心を持つのはよほど例外的だ、とわかったときに、はじめてあなたの書く手紙にはいきいきとした力がそなわり、人の心をゆすぶる手紙が書けるようになるのです」。

ど読み返しまして、御心遣いのほど身に沁《し》み入りました。……御宅へ伺いました節御目にかかって御礼を申上げるべきでございましたが、あまり過分な序文をいただいて妙なことながら、直接御礼申上げるのも面映ゆく存じ、御就寝中のこととて、匆々《そうそう》に御暇《おいとま》いたしまして失礼を申上げました。

［『盗賊』の序の後続］

上記『盗賊』の序は、次のように続き、締め括られている。

「……この『盗賊』のように青春の神秘と美とを心理の構図に盗み切ろうとする試みも、三島君の歩みには必然の嘆きの呼吸であろうか」。

三島はお礼の挨拶のために川端邸に出向いたようです。しかし、会わずに帰ってしまい失礼しましたと詫びています。そして、会わずに帰った言い訳を、「直接御礼申上げるのも面映ゆく存じ」と伝えたのでした。

「面映ゆく」は、恥ずかしく、決まりが悪くという意味です。なぜ、「おそれおおく」としなかったのか、ちょっと不思議な気がします。

しかし、「おそれおおく」という言葉は、年齢、経験、地位の違いを自覚することによって感じるべきわきまえといったニュアンスが強く含まれます。いわば理知的な常識を背景として生じる畏怖《いふ》です。それに対して「面映ゆく」は、きわめて感覚的なものです。年齢、経験、地位の違いを超えたところで圧倒される思いです。

三島は川端に、正しくほめられ、正しく愛されたという思いがして、あまりにも嬉《うれ》しくて動顚《どうてん》してしまった結果、恥ずかしく、決まりが悪いといった幼稚な反応、ピュアーなリアクションしか生まれなかったのではないでしょうか。

だから三島は、その思いを正確に伝えるために、会わずに帰ってしまった理由を、「面映ゆく」という言葉に託しました。どこか乙にすましてよそよそしい感じのする「おそれおおく」より、無邪気で親愛のこもった印象の「面映ゆく」のほうが、はるかに自分らしく、深い感謝を伝えることができると考えたに相違ありません。

本心を厳密に伝えるためには、言い訳の一語の言葉選びもまた、ゆめゆめないがしろにすまじと、三島のこの手紙は教えています。

遠慮深く挑発し
論争を仕掛けた　江戸川乱歩
万年書生

貴兄は探小論好きにてお暇さえあれば、
あながち迷惑のみでもないと考え、余計ふきかける
訳ですが

論争を挑むときの言い訳には、相手のモチベーションを高めるための工夫を施します。最低限の礼節は保ちながらも、相手の胸の内にズカズカと入りこんで、ちょっと苛立《いらだ》たせたり怒らせたり、あきれさせたりすると、バトルが華やぎ愉快なものになります。

探偵小説の泰斗《たいと》江戸川乱歩は、あるときターゲットを井上良夫に定めロックオンし、論争の場に引きずり出そうと

江戸川乱歩（えどがわ・らんぽ）明治二十七年（一八九四）～昭和四十年（一九六五）。享年七十。小説家。代表作は、『二銭銅貨』『D坂の殺人事件』『怪人二十面相』など。

しました。

乱歩にとって井上は、こんな相手でした。自著の評論集『幻影城』の巻頭に、「この書を井上良夫君の霊前にささぐ」と題し、次のように述べています。

「若《も》し君が生きていたら、誰よりも熱心にこの本を読み、且《か》つ批判してくれるだろうと思う。十余年前、英米探偵小説の読後感や探偵小説本質論について、非常識なほど長い手紙のやりとりをつづけた、あの頃の楽しい思出から、私はそう信じている。だから、私はこの書を先《ま》ず君に贈りたいのである」

文中の「非常識なほど長い手紙」とは、たとえば昭和十八年二月一日付の乱歩から井上へ送られた手紙です。四百字詰め原稿用紙、約二十五枚分あり、それに対する二月四日付の井上の返信は、原稿用紙約十枚。両者、呆《あき》れるほど長い手紙で争いました。

乱歩はその手紙の前段で、長い手紙で迷惑をかける言い

井上良夫（いのうえ・よしお）　明治四十一年（一九〇八）〜昭和二十年（一九四五）。享年三十六。探偵小説評論家・翻訳家。乱歩は井上を、「同君の綿密周到な評論には、傑れた探偵小説を読む時と同じ論理的魅力さえ感じられた」と称揚した。

訳を、次のように楽しく披露しています。

　私が「お天気屋」である事はよく御感じになっている事と思いますが、気が向くとメッタヤタラに手紙を書き、無口のくせに手紙では甚だお喋《しゃべ》りにて、よくも纏《まとま》っていない考えを、メモ同様の考えを、毒気のようにふきかけるくせがあって、人々を困らせますが、貴兄は探小論好きにてお暇さえあれば、あながち迷惑のみでもないと考え、余計ふきかける訳ですが……

「探小論」は探偵小説論議。このとき乱歩は四十八歳で井上は三十四歳。しかも戦時中なのに、書生的呑気《のんき》さがあふれる文章です。ふと、乱歩の出世作『二銭銅貨』の魅力的な冒頭の次の件《くだ》りが思い出されます。

「松村武とこの私とが、変な空想ばかりたくましくして、ゴロゴロしていたころのお話である。もうなにもかも行き詰まってしまって、動きの取れなかった二人は、ちょうどそのころ世間を騒がせていた、大泥棒の巧みなやり口を羨《うらや》むような、さもしい心持になっていた」

シリアスですがどこか人を食った悠長な雰囲気をたたえた文体、語り口から発せられる言い訳は、余裕綽々《しやくしやく》なだけに、挑発的で刺激的です。結果、井上の評論魂の炎《ほむら》に油が注がれ、濃密な論争が楽しく延々と展開されたのでした。

深刻な状況なのに
滑稽《こっけい》な前置きで同情を
買うことに成功した

正岡子規

小生が心中は狂乱せり筆頭は混雑せり
貴兄は気を落ちつけて読んでくれ給《たま》え

正岡常規《つねのり》は明治二十二年、二十二歳のとき、肺病で突然血を吐いて大変驚きました。以来、自らを口の中が赤いホトトギスの別名である子規と号し、気丈に不治の病に立ち向かいました。しかし、病は容赦なく勢をまし、脊椎《せきつい》カリエスを併発するなどして、次第に日常生活さえ困難を極めるようになってしまいました。

そこで余命を悟った二十八歳の子規は、明治二十八年、後継者選びを急ぐことにしました。子規が始めた俳句、短

正岡子規（まさおか・しき）　慶応三年（一八六七）～明治三十五年（一九〇二）。享年三十四。俳人・歌人。作句において長年俗調を脱しえなかった子規に新境地を開かせたのは、子規に師事した後進の河東碧梧桐、高浜虚子らだった。作句の常識を持たぬ者の新鮮な表現に大いに触発された。それだけに、こ

歌、文章の革新運動を継承する担《にな》い手を、門下の河東碧梧《かわひがしへきご》桐《とう》か高浜虚子か、いずれかに決めようと考えました。

ところが、愛弟子《まなでし》河東碧梧桐の力量には、物足りなさを感じていました。同年別の門下生に宛てた手紙の中で子規は、「碧梧才能ありと覚えしは真《まこと》のはじめの事にて小生は以前よりすでに碧梧を捨て申候《もうしそうろう》」と記しています。

ならば、高浜虚子に決定したのでしょうか。

それが、そうともいかず、同じ手紙の中で子規は、こんな内容のこぼしごとを漏らしました。

――〈私の後継者は君だと虚子にはっきり伝え、本人も決心したかに見え大喜びしたが、その後の虚子に進歩が見えない。これまでにも数百回学問せよと忠告し、先日も「君は学問する気あり否《いな》や」と尋ねて反省を促した。すると虚子は、「学問セントハ思ヘリ併《しか》シドウシテモ学問スル気ニナラズ」と答えた。虚子の強情は神聖でさえ

の二人のその後の成長と努力が確認できないことが至極残念で、上記の手紙となったようだ。

あるが、私の文学は結局実を結ばずに「草頭の露と消え去らん」、はかなくあえなく蒸発してしまうことになるだろう〉

子規の心は、愛弟子二人への深い愛と失望、落胆とを含んで千々に乱れ、整いを欠くことになります。そこで、所謂《いわゆる》ふつつかな手紙になることが予想されたので、事前の釈明として、この手紙の冒頭に、子規は次の一文を掲げました。

小生が心中は狂乱せり筆頭は混雑せり貴兄は気を落ちつけて読んでくれ給え

子規は自らの文学観が受け継がれない可能性が強くなり、落胆の極みにあったはずなのに、冒頭のこの一文には、えもいわれぬユーモアが感じられます。

対となっている「心中」と「筆頭」の語感が軽快に際立ち、「狂乱せり」「混雑せり」とリズミカルに韻を踏んでいるせいでしょうか。読み手の心を暗くする深刻さがなく、まるで心地よい散歩に連れ出されるかのように錯覚します。

そして、「気を落ちつけて読んでくれ給え」は、気を落ちつけて読むようにとあらかじめ注意したのだから、たとえ動揺させてしまったとしても、それは私のせいではありませんよという意味で、とぼけた感じがして愉快です。

これは、重大な後継者問題に軽みを与え、読み手の心に過度な負担をかけまいとした心憎い配慮と見ることができます。

さらに、後続を読み進むと、ますますこの冒頭の一文のおかしみが増します。なぜなら、気を落ち着けるべきは子規本人であるということが鮮明にわかるからです。

つまり、冒頭の一文は、あえて読み手のツッコミを待ち受けるような釈明です。相手を優位に立たせ、進んで理解してあげようという相手の親切を引き出します。

しかもこの一文の文調がハイレベルに整い洗練された名文なだけに、あざとさが感じられず、ひっかかりなく子規の困惑への同情心がわき上がります。

冒頭の釈明を、これほど巧みにしつらえ、効果的に利用した例を、私はほかに知りません。

信と疑の間で悩み
原稿の送付を
ためらった

太宰治

あなたと私の心の交流があんまり優しく
感傷的でさえある結果と思って下さい。

太宰治は『走れメロス』で、信頼と友情の美しさを描きました。裏を返せば、暗鬼を生む疑心と友情の危うさについて考えました。太宰は極端に人を信じる力と極端に人を疑う力の両方を兼ね備えて苦しんだから、このような信頼と疑心を際立たせた話が書きたくなったのではないでしょうか。

そんな彼は、次の出来事に遭遇した際、やはり信と疑の間で悩みました。

昭和二十年の終戦の翌年、執筆活動を再開した太宰治は、単行本『冬の花火』に収録する作品の原稿がそろったので、中央公論の懇意な担当編集者梅田晴夫《はるお》に送ろうとしました。ところが梅田が病気と知り、お見舞いとともに、送付をためらう気持ちを、手紙にこう託しました。

一日も早く御なおりになるよう、しんから祈っています。私のほうでは、原稿がそろって、いつでもお送り出来るようになっていますけど、いまお送りすると、あなたが責任を感じなさって無理などなさりは致しませぬか? 私も、どうも、溜息《ためいき》が出ます。どうしたらいいのでしょう。途方にくれます。

送稿できないのは、送れば無理をしかねない梅田の責任感を信じたからでした。しかし、やはり送りたい気持ちはあり、途方に暮れる内心を、さらに詳しく次のように説明

『冬の花火』
書籍『冬の花火』は、結局上記の手紙の翌年、昭和二十二年(一九四七)に中央公論社から出版された。梅田晴夫が担当したかどうかは不明。同書には、戯曲「冬の花火」の他に、「春の枯葉」「苦悩の年鑑」「未帰還の友に」「チャンス」「津軽通信」「庭」「やんぬる哉」「親という二字」「嘘」「雀」が収載された。この中での私のおすすめは、「嘘」。新妻の艶やかな嘘が奇妙に美しい。

しました。

〈あなたに無理をさせずに仕上がった原稿を出版するには、あなたを引き継ぐ編集者に託す方法もあるが、その場合は、継子《ままこ》扱いされる可能性がある。あなたに比べ私の作品への情熱が不足しているかもしれない。そんな例も過去経験している。だからそういう形はできるだけ避けたい〉

代理編集者への不信感を募らせました。

となれば、中央公論での出版は諦《あきら》め、他社の懇意な編集者に託す手もありましたが、それもできないと、次のように続けます。

あなたが病気と聞いて、急に断る冷血漢などと思われたら、どんなにも、つらい事ですし、私は決していまさらお断りなど致しません。ただ、あなたにも御無理がないように、また社の他の御方の手にかけるのも心《こころ》許《もと》ないし、これも結局、あなたと私の心の交流があんまり優しく感傷的でさえある結果と思って下さい。

〈他社から出さない理由は、「冷血漢」でないことを証明するため〉と言い切る太宰ですが、〈だからといって今、送稿するわけにはいきません。無理をさせたくないし、代理では頼りなくて不安だし……〉とジレンマを繰り返します。そして、迷いが晴れない心中を伝えて、梅田を心配させる迷惑を詫び、許しを得るために、「あなたと私の心の交流があんまり優しく感傷的でさえある結果」という言い訳で締めくくりました。

信愛に満ちた交流をたたえ、感謝することにより、どっちつかずの太宰の迷いが、いかに正当なグズグズであるかを説明したのでした。

言い訳という自己弁護の中に、二人の過去、現在、未来の友情の確認を畳み込み説得力を高めた太宰の手際は、鮮やかで見事です。

不十分な原稿と
認めながらも
一ミリも悪びれない

徳冨蘆花

実は小説をと存候得共　如何程《いかほど》しぼりても空肚《すきばら》は
矢張空肚にて致方御さなく　御酌量《ごしやくりよう》奉願候《ねがいたてまつりそうろう》

事件や不祥事を起こし、ワタシのせいじゃない、ワタシは悪くないんですよとアピールする際、自責の念がわずかでもあると、アピールのようすに恐縮が多少なりとにじみます。その結果、事情説明が苦しい釈明色をおび、しまいには言い訳臭さが紛々としてきて不快感を抱かれるという、いささか不利な状況を招くことになりかねません。

その点次の徳冨蘆花の不十分な原稿を詫びる手紙の中の言葉は、恐縮する気配がなく堂々としているせいで、あま

徳冨蘆花（とくとみ・ろか）
明治元年（一八六八）～昭和二年（一九二七）。享年五十八。小説家。思想家・ジャーナリストの徳富蘇峰の弟。代表作は『不如帰』『自然と人生』など。同志社英学校に学び、キリスト教の影響を受けてトルストイを敬愛し、外遊時にトルストイと会見。そのときの模様を『順礼

り言い訳がましく感じられません。

大分春景色と相成《あいなり》　心も活々《いきいき》致し候折柄《おりから》　如何《いかが》御《ご》清光《せいこう》
被遊候《あそばされそうろう》や　扨《さて》別紙は訳の分からぬたわ言此《これ》が本当の
うめ草なら　雑録の一隅御かし被下候《くだされそうら》わば幸甚《こうじん》に候
実は小説をと存候得共《ぞんじそうらえども》　如何程《いかほど》しぼりても空肚《すきばら》は矢張
空肚《すきばら》にて致方《いたしかた》御さなく　御酌量奉願候《ごしやくりようねがいたてまつりそうろう》　右御こ
とわり方々　乱筆御判読奉願候

現代語に訳すと、こうなります。

〈だいぶ春らしい景色となりました。心も生き生きといたします今日この頃、いかがおすごしでいらっしゃいますでしょうか。さて、別紙の原稿は、わけのわからぬたわ言ですが、これが余白を埋めるための役立つ原稿なら、雑録の一隅を貸してくだされば、とても幸せです。実は小説を書こうとしましたが、どんなに考えを絞りだそうとしても、

紀行』に記した。

「訳の分からぬたわ言」とは蘆花が送付した原稿は、『吾が初恋なる「自然」』と題する随想と思われる。冒頭は次の通り。

「『自然』は余の初恋なりき。多くの初恋は、泡の如く消えざるは稀（まれ）なり。独（ひとり）吾が此の初恋は、死に到（いた）ってまさに已（や）むべき恋なり。幸いに自己（おのれ）を語るを恕（ゆる）せ」

「幸いに」は、どうぞ、という意。ここでも、自信に満ちた謙虚な言い訳が、顔をのぞかせている。

空っぽな心は空っぽだから仕方なく、私の罪を許してくださるようお願い申し上げます。以上ご説明いたしますともに、乱筆の解読をお願い申し上げます〉

「空肚」の「肚」は、心中、または考えていること、という意味です。「如何程しぼりても空肚は矢張空肚……」と、悪びれることなく明るくリズミカルに堂々と言い訳を伝えたところがミソです。あまりに溌剌《はつらつ》としているので、〈言い訳なんかするんじゃないよ〉というツッコミを入れるすき間がありません。

一応、〈雑録の一隅を貸してくだされば〉とか、〈私の罪を許してくださるよう〉といった意味の表現を置いて、謙虚な姿勢を示しますが、これもまた、〈小説にできなかったわけのわからぬたわ言のような原稿といいながら、あえて提出してくるんだ〉という言いがかりを防ぐための言葉です。

ようすはきわめて控えめなのに、なにか大きな圧力でこちらを押してくる感じのする文章です。

その印象は、蘆花の代表作『不如帰』の自叙にもあらわれています。

「なおりますわ、きっとなおりますわ、――ああ、人間はなぜ死ぬのでしょう！　生きたいわ！　千年も万年も生きたいわ！」という有名な件りで知られる『不如帰』は、明治の後半期に大ベストセラーになり、第百版の記念出版に際して、蘆花は次の序を加えました。その冒頭と締めくくりだけ示します。

「不如帰《ふじょき》が百版になるので、校正かたがた久しぶりに読んで見た。……不如帰のまずいのは自分が不才のいたすところ、それにも関せず読者の感を惹《ひ》く節《ふし》があるなら、それは逗子の夏の一夕にある婦人の口に藉《か》って訴えた『浪子《なみこ》』が自ら読者諸君に語るのである。要するに自分は電話の『線《はりがね》』になったまでのこと。明治四十二年二月二日」

好評はしばしば悪評とセットになって多く集まるので、

百版という空前の大ヒットとなった『不如帰』もまた、絶後の不評の攻撃を受けていたようです。それを踏まえるかのように、「自分が不才」「自分は電話の『線』」と謙遜《けんそん》の限りを尽くしています。

こんなに売れてしまった原因は、〈私のせいじゃなく、作中人物のお陰で、私はその人物の声をただ、伝えただけの電話線にすぎません〉、といっています。自分の責任、ここでは手柄ですが、それを回避する、これもまた一つのよくできた言い訳です。

かくして蘆花は、不評の再攻撃を防ぐために遺漏のない前線基地としての役割を、この序に託すことに成功したのでした。

蘆花の言い訳は、ある意味完璧《かんぺき》です。百万の人々を説得し得る見事な言い回しと迫力が痛快です。けれど、たった一人を置き去りにする否《いな》みについて、顧慮する必要がないとはいえません。

私は蘆花の言い訳を読むとき、ようすは謙虚でも内実において堂々としすぎている感じがするのが、少しだけ気になります。

謙虚というのはあるとき、傲慢《ごうまん》の異称かもしれません。傲慢はしばしば謙虚を隠れ蓑《みの》にして人の心に忍び込みます。

友人に原稿の持ち込みを
頼まれ
注意深く引き受けた

北杜夫

半年くらいあずけ放しにしていいですか。編集者というのはほとんどが目がなく、誰かがほめでもしないと……

私は有名人、有力者を人に紹介するのが好きでした。自らのありもしない力を誇示したかったからでしょうか。軽々しく不用意な紹介をしては、しばしば引き合わせた双方を失望させる結果を招きました。

それにひきかえ、北杜夫は、用意周到、自他を傷つけない紹介の仕方を心得ていました。

『夜と霧の隅で』により芥川賞を受賞した北杜夫は、昭和

北杜夫（きた・もりお）　昭和二年（一九二七）〜平成二十三年（二〇一一）。享年八十四。小説家。アララギ派の歌人斎藤茂吉の次男。代表作は、『夜と霧の隅で』『楡家の人びと』『どくとるマンボウ青春記』『白きたおやかな峰』『船乗りクプクプの冒険』など。終生躁鬱病に

を代表する人気作家の一人です。『どくとるマンボウ航海記』などで知的なユーモアを振りまきベストセラーを連発しました。彼は戦中から戦後にかけて旧制松本高校で青春を過ごし、終生の友となる辻邦生《つじくにお》と出会います。辻はフランス文学を専攻し学究となりますが、フランス留学中に『影』『城』などの短編を書き上げ、昭和三十五年三十四歳のときに北にその原稿を送り、出版社への持ち込みを依頼しました。北は同年芥川賞作家となり、すでに文名を確かなものにしていました。北は辻の原稿を読み、手紙でこう答えました。

> 「影」はとても筆力があり、ひきこまれて終りまで一気によめた。……テーマもはっきりしているから編者もよむと思う。「城」のほうは、僕としてはこっちが好きで、終半が殊にいい。

北は概《おおむ》ね満足し、掛け値のない感想を伝えましたが、出版社の反応は保証せず、正直に胸の内を開いて見せました。

小説は、できたら「文学界」くらいに半年くらいあずけ放しにしていいですか。

半年とはまた悠長な話で、人気作家が多忙を理由に、友としてあるまじき冷淡な対応かと思いきや、北はこう続け、「半年」の根拠を説明しました。

編集者というのはほとんどが目がなく、誰かがほめでもしないと、最初の一つを仲々とらないので、きいてみると、半年一年のオクラは一・二度のったことのある新人でもザラのことのようです。

結局北の予言は的中。辻の短編が世に出るまでには、ほ

〔辻邦生の返信〕

上記の北杜夫からの手紙を留学先のパリで受け、辻は次のように返信した。「僕の小説を忙しいのに読んでくれて、もう恍惚とするくらい嬉しかった。……厄介なことを頼んでしまったようで、全く申訳ない……決して明日にも有名になりたかったり、お金が欲しかったりするのではなく、……半年や一年の『おクラ』とやらは、いささかも意に介しません」。

ぼ一年を要しました。『城』は雑誌「近代文学」一九六一年九月号で発表されました。

北の手紙を読んだ辻は最初、忙しい北が原稿を持ち回ることがなかなかできない言い訳、もしくは、原稿が没となる可能性の示唆《しさ》であり、先回りの慰めと思ったかもしれません。しかし、北には、別の意図があったはずです。この手紙で、あえて編集者たちを無能呼ばわりすることにより、辻の期待値をゼロにしておこうとしたのでした。

舞い上がりがちな相手を引きずりおろし、事前にあえて落胆を味わわせるための理由づけは、当座限りなく言い訳色に見え、相手から非難されることもあります。だから北は勇気を振り絞って手紙を書いたはずです。

そのお陰で辻は、『城』が世に出るまでの一年間を、心静かに過ごすことができ、北も親友の焦燥を想像して胸を痛める程度を、多少なりと弱めることができたに違いありません。

紹介した知人の人品を
見誤っていたと
猛省した

志賀直哉

可哀想《かわいそう》に思い推センするような事を云《い》ったのですが
それ程馬鹿《ばか》な奴《やつ》とは思わなかったから

志賀直哉の親友の武者小路実篤が、志賀直哉の日頃の話は、話それ自体がもはや小説のように面白いから、それをまとめて本にしたいと計画したことがありました。

確かに志賀の話は、よくある日常的な体験談であっても、人を引き寄せる不思議な力を感じます。日常に潜む物語を、誰よりも手際よく簡潔に鋭くすくい取り、読み手の興味を巧妙につないでいく天才で、小説の神様と称されるゆえんです。

たとえば、昭和二十二年六十四歳のとき、志賀がある人を出版社に推薦して失敗してしまったときの話もまた魅力的です。

志賀は、迷惑をこうむっている関係者に次の手紙を書いて、こう釈明しています。

〇〇困った奴です……入ったばかりの全国書房を一人で背負って立っているような手紙を僕のところにも寄越します　実に馬鹿な奴です、……全国の人が訊《き》きに来た時可哀想に思い推センするような事を云ったのですがそれ程馬鹿な奴とは思わなかったからです　君も池田さんも不愉快に感じられる事と思いますが歯牙《しが》にかける価値のない人間です

入ったばかりの出版社なのに、「一人で背負って立っているような手紙」を寄越すお調子者には、一度きつく叱っ

ておく必要がありますが、物語ベースで見ると、なかなかいいキャラ立ちをした登場人物です。

志賀はこの男の人品を保証し推薦してしまったミスを恥じて、やや上気して釈明しているようすが滑稽です。少し詳しく見てみましょう。

志賀はまず、「可哀想」を第一の言い訳に使いました。〈気の毒に思ってしまったから、仕方ないでしょう。誰しも情にほだされるっていうことって、ありますよね〉と。そして第二の言い訳は、「それ程馬鹿な奴とは思わなかった」です。〈最初から人をバカと認定することは、できないものです。少しでも人をよく見ようとするのが人情で、ましてや人を最初から大バカと推定することは、できませんものね。だから、私をあまり責めないでください〉と伝えたのでした。

しかし、そんな釈明だけでは、手紙の相手が納得するはずがないとふんだのか、志賀はすでにその男を見切っていることを証明するために、「歯牙にかける価値のない人間」とし、もはや改心を求めるべき相手ではなく、無視する以外にないスットコドッコイだと断定したのでした。〈その男を擁護する立場を完全に離れ、今は迷惑をこうむっている皆さんと同じ場所にいますよ〉と、旗幟《きし》を鮮明にすることで、自分への責めから逃れようとしたのです。

人は人情にほだされやすく、人を見誤ることの多いものであると、自己弁護しながらも、人情に流されてはいけない、人品の卑《いや》しさを看破する眼力を備えるべきだという自己反省を、言い訳の中に混在させて釈明しながら、忌々《いまいま》しく苦々しい思いを吐き出すようすには、人間味あふれる志賀の姿が色濃く表れ、なかなか愉快です。

この後この男がどうとっちめられたか、周囲からシカトされたか、あるいは、たくましく権力の座に就いてますます志賀と周囲を辟易《へきえき》させたか、非常に気になるところですが、残念ながら後日談は探し得ません。

先輩に面会を願うために
自殺まで
仄《ほの》めかした物騒な

小林秀雄

音楽を聞く毎《ごと》に感ずる実に苦しい陶酔という様なものが自分の頭からなくなったら直《す》ぐ自殺したってなんとも思いません

批評の神様と謳《うた》われた小林秀雄は、二十七歳のとき『志賀直哉』を発表し、その一行目に、「私にこの小論を書かせるものはこの作者に対する私の敬愛だ」と書きました。二人の親交は小林二十二歳のときからすでにあり、当時小林は十九歳年長の志賀に、自作の小説が載った雑誌を送り、添え状の中で、志賀の評価の先回りをするかのように、自己評価をこんなふうに伝えました。

小林秀雄（こばやし・ひでお）　明治三十五年（一九〇二）～昭和五十八年（一九八三）。享年八十。評論家。二十七歳のときに書いた懸賞評論『様々なる意匠』で、「批評とは竟（つい）に己れの夢を懐疑的に語ることではないのか！」と語り、成熟した主観を入口に、普遍性の高

御無沙汰《ごぶさた》致しました　雑誌を御送りしました、お暇の時読んで戴《いただ》ければ幸甚です、今度のもずい分一生懸命書きましたが前の様に全体の調子を呑《の》み込んでいないという点で失敗している様で心配です

い批評を目指し、近代批評の先駆的役割を果たした。『Xへの手紙』『近代絵画』『本居宣長』など、多数の魅力溢れるエッセー、評論を遺した。

文中の「雑誌」は同人誌「山繭《やままゆ》」、掲載作は小説『ポンキンの笑ひ』と思われます。いかにも自信がなさそうに反省し、小説の神様志賀直哉の評価への「心配」を口にします。

そして、自嘲《じちょう》的にこう続けます。

小説を組み立てて居る自分が後になると恐しく間が抜けて見えます

この頃小林は、創作家から批評家への転身の過渡期だっ

たようです。自らの資質を、同じ手紙で次のように説明しています。

音楽を聞く毎に感ずる実に苦しい陶酔という様なものが自分の頭からなくなったら直ぐ自殺したってなんとも思いません　然《しか》し小説を書こうと思う以上バルザックやトルストイの持って居た放射的なすばらしい小説家的興味というものが重荷となって来ずにはいません

自分には、小説家的興味が薄いと感じているように読み取れます。

なるほど、後年小林が評論家として発揮した怜悧《れいり》で気合いのこもった洞察に匹敵する魅力を、残念なことに私も彼の小説には見出《みいだ》すことはできませんでした。

たとえば彼の評論『モオツァルト』の中の私の好きなフレーズ、「モオツァルトのかなしさは疾走する。涙は追いつけない」に感じられる清冽《せいれつ》な詩趣は、紛れもなく批評家としての産物でした。

このような苦悶《くもん》を訴えた小林は、短い手紙をこう締めくくりました。


今度東京にお移りになる相ですね、お目にかかりたいと思います。


「お目にかかりたい」は、ご相談したいという意味です。すなわち、最終行に到《いた》るまでの熱い字句は、本来なら尊敬する大先輩に面会の時間をいただくのは遠慮すべきなのに、特例として失礼を許してほしいと願うための言い訳であり、なおかつ相談の趣旨説明だったのです。

小説の神様と批評の神様の意思の疎通《そつう》は言葉少なで事足ります。

年少の神がそれとなく手短に胸中を明かしさえすれば、

『Xへの手紙』

私の好きな小林秀雄の代表的エッセーの一つ。人生観、芸術論が語られている。親友、詩人中原中也の元恋人長谷川泰子との壮絶な恋愛の後、三十歳のときに書かれた。「女は俺の成熟する場所だった。書物に傍点をほどこしてはこの世を理解して行こうとした俺の小癪な夢を一挙に破ってくれた」など、刺激的なフレーズでつづられた、小林秀雄の青春論ともいえる。

年長の神は的確に酌《く》んでくれたに違いありません。多くを語れば「皆までいうな！」と制せられます。

謝りたいけれど
謝る理由を忘れた
と書いたシュールな

中勘助

私はあなたに陳謝または釈明しなければならないことがあるのではないかと思い、その内容も想像はしているのですが

『銀の匙《さじ》』で知られる中勘助は、夏目漱石が手紙で朝日新聞にこう推薦したことによって文壇に登場しました。

「一篇は文学士中勘助と申す男の作りしものにて　彼の八九歳頃の生立記《おいたちき》と申すようなものにて　珍らしさと品格の具《そな》わりたる文章と夫《それ》から純粋な書き振《ぶり》とにて　優に朝日で紹介してやる価値ありと信じ候」

かくして、無名の新人の一風変わった小説が現代まで、

中勘助（なか・かんすけ）明治十八年（一八八五）〜昭和四十年（一九六五）。享年七十九。小説家・詩人・評論家。代表作は『銀の匙』。和辻哲郎は同作をこう評した。「大人の見た子供の世界でもなければ、また大人の体験の内に回想せられた子供時代の記憶というごときもの

でもない。それはまさしく子供の体験した子供世界である」。

百年以上読み継がれることになります。
灘《なだ》校の伝説の国語教師が、教科書代わりにしたことによっても知られる作品です。
「私の書斎のいろいろながらくた物などいれた本箱の抽匣《ひきだし》に昔からひとつの小箱がしまってある。……なかには子安貝や、椿《つばき》の実や、小さいときの玩《もてあそ》びであったこまこましたものがいっぱいつめてあるが、そのうちにひとつ珍しい形の銀の小匙のあることをかつて忘れたことはない。」——このように始まる同作の前編は、漱石の言葉を借りれば、「八九歳頃の生立記」です。どこまで正確に事実が語られているかは定かではありませんが、作品として真実があれば、事実である必要はありません。

　もとより遠い記憶は、自分に都合のよい創作だという言い方もできます。記銘され保持された事実は、自分の脳の都合で、粉飾され想起されます。思い出はしばしば自分に好都合なものに変容します。

にもかかわらず、まるでそれが事実であるかのように思えるのは、記憶の再構成に矛盾が少なく、見かけは整然としているためです。健やかな心は、自他をあざむく辻褄《つじつま》合わせが巧妙です。

ところが心が健やかさを失ったとき、再構成される記憶は、極端に整いを欠いたものになることがあります。

中勘助には、こんな手紙をいろいろな人に送った時期がありました。

　突然ながら私はあなたに陳謝または釈明しなければならないことがあるのではないかと思い、その内容も想像はしているのですが誰にきいても知らないとか何もないとかいってとりあわないので如何《いかん》ともすることができません。以上御諒承《りようしよう》を願います

以上は昭和八年、四十八歳の中が知友和《わ》辻《つじ》哲郎《てつろう》に宛てた

［志賀直哉への手紙］

志賀直哉に送られた手紙は、次の通り。「昨夜あなたの夢を見ましたのでこの手紙を書きます／私はあなたかあなた方かに対してなにか陳謝または釈明しなければならないことでもあるのではないかと思い、その内容を想像してみたりもするのですが、何分箝口令みたいなものに縛られているのでどうにもこうにもなりません。右御諒承を願います」。

もので、同年友人の志賀直哉にも、同様の内容の手紙を書いています。

意味、意図不明です。シュールです。

和辻も志賀も謝罪される心当たりはまったくありませんでした。中自身、「陳謝または釈明しなければならないことがあるのではないか」と、記憶が曖昧《あいまい》です。

この頃中は、アララギ派の歌人で精神科医でもあった斎藤茂吉に診察を受けていました。心の不健康のなせるわざといってしまえばそれまでです。

しかし、この手紙は、私たちの心の深層にひそむ他者への後ろめたさや罪悪感から発信された、誠実なメッセージと受け取ることができる気がしてなりません。

人とつき合えば、恩恵も与えますが迷惑もかけます。そこで、心ならずも与えた迷惑についての謝罪や釈明の機会を願う気持ちが、私達の胸裏には常にわだかまります。

いみじくも、中の手紙はそんな私達の心中の事情と、その事情から生まれる衝動を代表しているといえます。〈私も私の身近な周囲の人間も、あなたに与えたご迷惑のことを思い出せません。だから、謝罪したいと申し上げれば訳がわからず、かえってご迷惑なことは重々承知していますので、あらかじめお許しを乞《こ》うわけですが〉、という言い訳をしながら、〈記憶になくても、確かに犯したはずの過去の失態、過誤、失礼、ご無礼を、この際心よりお詫びいたします〉と、中はこの手紙でいっているのだと思われます。

これは、常識の世界ではなかなか理解してもらえない、危うく美しい言い訳と謝罪です。

第七章　エクスキューズの達人・夏目漱石の言い訳

納税を誤魔化そうと
企《たくら》んで叱《しか》られ
シュンとした

夏目漱石

教師として充分正直に所得税を払ったから　当分所得税の休養を仕《つかまつ》るか……繁劇なる払い方を遠慮する積りでありました。

不惑で転職する人は勇敢です。夏目漱石は明治四十年、四十歳のとき、それまでの安定していた大学の教師の地位を捨て、朝日新聞社の社員へと果敢に鞍《くら》替えしたのでした。入社に際して漱石は、年に小説を何本書けばよいのか、書いた小説を他社で本にしてよいか、印税を自分のものにしてよいか、賞与はどのぐらいか、自分の小説がはやらなくなったときも地位を保証してくれるのかなど、入社後の

夏目漱石（なつめ・そうせき）慶応三年（一八六七）～大正五年（一九一六）。享年四十九。小説家。代表作に『吾輩は猫である』『こころ』『硝子戸の中』などがある。森鷗外と並び称される文豪の中の文豪。女性問題のゴシップがなかった数少ない作家の一人。多くの教え子や後

安全を担保するために、各種条件のすり合わせを綿密に行いました。

そして何よりも、教師時代を超える年俸を希望し、月給は二百円（今の二、三百万円）、賞与は年二回で一回二百円を確保し、かなりの高額所得者となりました。当時、新聞各社は、日露戦争の戦勝ムードにより販売数を伸ばしましたが、明治三十八年戦争が終結すると、購読数が伸び悩んだため、同時期『吾輩《わがはい》は猫である』により、一躍文壇に躍り出た漱石の人気にあやかるべく、朝日新聞は漱石をヘッドハントしたのでした。

入社当初より、朝日新聞の主筆よりもさらに高い俸給を得ることになった漱石は、やはり人の子、ちょっと魔がさしてしまいました。入社後すぐに節税の工夫を、同僚の渋《しぶ》川玄耳《かわげんじ》にたずねたのです。すると叱られました。慌《あわ》てた漱石は、手紙でこう詫《わ》びました。

輩に慕われた。

渋川玄耳（しぶかわ・げんじ）明治五年（一八七二）～大正十五年（一九二六）。享年五十三。新聞記者・著述家。明治三十一年頃、熊本で漱石を中心とした俳句団体に参加し、漱石と知り合う。明治四十年に東京朝日新聞社に入社し、社会部長を務める。漱石を朝日新聞社に招聘した立役者の一人。

所得税の事を御聞き合せ被下《くだされ》まして　御手数の段《だん》どうも難有存《ありがとう》じます。実はあれもほかの社員なみにズルク構えて可成《かなり》少ない税を払う目算を以《もっ》て伺った訳でありまます。実は今日迄《まで》教師として充分正直に所得税を払ったから　当分所得税の休養を仕《つかまつ》るか左もなくばあまり繁劇《はんげき》なる払い方を遠慮する積りでありました。然《しか》る所公明正大に些々《ささ》たる所得税の如《ごと》き云々《うんぬん》と一喝された為《た》めに　蒼《あお》くなって急に貴意《い》に従って真直に届け出でる気に相成りました。御安心下さい。

大意と漱石の真意は、次の通りです。

〈所得税のことをきいてくださり、お手数をおかけしました。どうもありがとうございます。実はズルをして、所定の額よりかなり少ない税を払う方法はないかを、あなたに伺おうと思ったわけです。といっても、他の社員並みのズルを考えていたので、それほど悪辣《あくらつ》なことを計画したわけではありません。それに、実際のところ今まで教師として十分正直に税金を払いましたから、当分は納税を休養させていただくか、あるいは、あまりしょっちゅう払うことを、遠慮するつもりでした。ところが、あなたから、公明正大にやるべきだ、些細な所得税のごときで……と一喝されたために青くなり、急にあなたのアドバイスにしたがって、正しくいつわりなく届け出る気になりました。ご安心ください〉

結局公明正大に納税せよとの渋川の言葉にしたがった漱石ですが、節税を企んだ言い訳がふるっています。

「今日迄教師として充分正直に所得税を払ったから　当分所得税の休養を仕るか左もなくばあまり繁劇なる払い方を遠慮する積りでありました」と書いて、「正直」を「休養」するか「遠慮」しようと思っていると表現したのでした。

この部分を少し詳しく読み解くと、まず、これまで正直にやってきたというのが、直接的な言い訳です。まあ、へリクツですがリクツです。〈ずうっと正直にやってきたのだから、しばらくズルしても、帳消しでしょう、悪くないでしょ〉という意味になります。

そして、「休養」と「遠慮」は、不正直の決行の言い換えにすぎませんが、これもまた、言い訳の一種と考えられます。というのは、〈悪事を働く〉というより、〈正義の休養、遠慮〉といったほうが、はるかに聞こえがいいからです。聞こえがいいということは、悪く思われにくい、ということです。すなわち、自己弁護、言い訳のカテゴリーに分類できる気がします。

漱石は、嫌な感じのしないスマートな表現に長《た》けていました。

たとえば、門下生に宛《あ》てた手紙の中に、こんな一文があります。

「二月のほととぎすには猫の続きが出ます　是《これ》は健康に害のある程のものではないから読んで下さい」

俳誌「ホトトギス」に『吾輩は猫である』の続きが出るので読むようにという知らせですが、少しも押しつけがましくないのは、「健康に害のある程のものではないから」という表現があるためです。

また、当時名を成したジャーナリストで政治家の福地源一郎が亡《な》くなったときには、漱石はよほどきらいだったのでしょう、ある手紙に、次のように悪口を書きました。

「源一郎福地という男が死んだ。今の学士や何かは学問文章共に出来るが女を口説く事と借金の手紙をかく事を知らないという演説をやった男だそうだ。死んでも惜しくない人ですね」

たとえこの手紙の受信人も、福地をよく思っていなかったとしても、漱石が〈死んでよかった〉と書けば、漱石の人間性を疑ったはずです。しかし、漱石は、「死んでも惜しくない人」と書きました。つまり、〈亡くなったのは気の毒で冥福《めいふく》を祈るけれど、惜しまれる人ではなかった、少なくとも私からは〉というニュアンスで表現することにより、受信人の不快感から逃れることができたのです。

このことから、優れた文章というのは、読み手から嫌われないようにするための自己弁護、言い訳が、表現の随所に、あるいは行間に、直接、間接に施されていることがわかります。

漱石や文豪たちの名文に潜む隠れ言い訳の発見は、スマートな言い訳のスキルアップにつながるかもしれません。

返済計画と完済期限を
勝手に決めた
偉そうな債務者

夏目漱石

四人の女子が次へ次へと嫁入る事を考えるとゾーッとするね。……君に返す金は矢張り十円宛《ずつ》にして居る

かつて私は恩人に、百万円の融通を依頼され、すぐに承諾しました。すると豪毅《ごうき》な恩人はいいました。「おまえに金を借りるからといって、これまでの関係を壊したくはない」と。親分肌の恩人は、その後も親分であることを続け、以前とまったく変わらない関係が保たれました。

この話を周囲にすると、だいたい笑われますが、私は恩人に卑屈になられてはたまらなかったので、恩人の奇妙な

決意表明に助けられました。

次に紹介する夏目漱石の手紙を読んだとき、夏目漱石も我が恩人と同様の感覚を持っていたように思われ、ニヤッとしました。

明治三十九年、三十九歳の夏目漱石は、先輩菅虎雄に百円ぐらいの負債がありました。

そこで明治三十九年一月十四日の菅への手紙の中でこう書きました。

君に返す金は矢張り十円宛《ずつ》にして居る　今年中位《ぐらい》で済むだろう。

当時の十円は十万円ぐらいでしょうか。借りている側が勝手に毎月の返済額や完済日を決めるのは奇妙です。いえ、きわめて非常識です。

実は漱石はこの自由な宣言の前に、同じ手紙で次の布石

菅虎雄（すが・とらお）　元治元年（一八六四）～昭和十八年（一九四三）。享年七十八。旧制高校ドイツ語教師、書家。漱石の東京帝国大学時代の先輩。漱石に松山中学や熊本五高の教師の就職口を紹介するなど、終世漱石の世話をした。能書家で、漱石の墓碑の揮毫も行う。

を置きました。

僕のうちでは又去年の暮に赤ん坊が生れた。又女だ。僕の家は女子専門である。四人の女子が次へ次へと嫁入る事を考えるとゾーッとするね。貯蓄をせんといかん。然るに去年の十二月抔《など》は色々かかって三百円近く仕払った。幸い著作の印税があったので間に合ったが何しろ。金の入るのには驚くね。

近況報告めかしてはいますが、実は「十円宛にして居る」と伝えるための根拠、言い訳です。さて、この言い訳は通用するのでしょうか。ふつうはこんな反応が生まれるでしょう。

――〈四人の娘といっても、長女筆子でさえまだ七歳。嫁入りには程遠い。まあ、将来を見越して貯蓄に回す用意周到は奇特な心がけだが、それはそっちの事情、十二月の

［漱石と菅虎雄］

菅虎雄は「夏目君の書簡」と題する談話を残している。それによると、「夏目君の書簡といって今私はあまりたくさん所持していない。之は極く親しかったため、生前その書簡もそんなに大切にせず保存もしておかなかったためである」とのこと。この言葉から、二人の関係の深さと菅の大らかそうな人柄がうかがえる。

三百円の支出も与《あずか》り知らぬことである〉

しかし、菅はそう思いませんでした。菅にとって百円程度の金は、痛痒《つうよう》を感じさせるものではなかったからです。それに二人は親友でした。

借金の返済をセーブするために、堂々と明るくぬけぬけと言い訳を披露する、大らかな漱石を菅は愛しました。卑屈に返済計画を説明することが、友情の証《あかし》とはならない場合もあるのです。

漱石もまた私の恩人のような決意表明を、あえて言い訳の中にすべりこませて示唆《しさ》していたのです。

親友へ借金の返済計画を伝えるときには、身勝手な計画を卑屈にならない言い訳によって説明し、親友の罪悪感をいたわってあげることが大切です。お金を貸した人は不思議なことに、相手を困らせているのではという自己嫌悪《けんお》に責められ続けているものだから、そこを勘案してあげることにより、行き届いた通知となる場合があります。

でも、この方法の使用は、当然相手を十分見てからにすべきです。友愛、敬慕の情のない間柄において、私の恩人や漱石の方法をそのまま適用してしまうと、必ず怒りや不興を買うことになります。

妻に文句を言うとき
いつになく
優しかった病床の

夏目漱石

病人だから勝手な事をいうが

「もっと読手《よみて》の神経をざらつかせずに、穏やかに人を降参させる批評の方が僕は真に力のある批評だと云《い》いたい」という言葉が、夏目漱石のある手紙の中にあります。文中の「読手」を「相手」、「批評」を「アドバイス・忠告・文句」などと置き換えても、成立する至言だと思います。

世の中は言い方一つでギスギスもするし、なめらかにもなります。

漱石は、人の心をざらつかせないものの言い方に長けた人でした。

たとえば、こんなことがありました。

四十三歳のとき漱石は、胃潰瘍《いかいよう》から大喀血《だいかっけつ》をして入院し、病床から三十三歳の妻鏡子に手紙を書きました。冒頭は次の通り。

きのう御前から御医者の礼の事に関し不得要領の事を聞かされたので今朝迄不愉快だった。

「不得要領」とは、要点がはっきりしないこと。そしてこのあと漱石は、いろいろな事をスムーズに片づけてくれと一方的に頼みます。

その理由は、

今のおれに一番薬になるのはからだの安静、心の安静である。必ずしも薬を飲んでいる許《ばかり》や寐《ね》ている許が養生じゃない。いやな事を聞かされたり、思う様に事が

夏目鏡子（なつめ・きょうこ）明治十年（一八七七）～昭和三十八年（一九六三）。享年八十五。夏目漱石の妻。十八歳のときに二十九歳の漱石と結婚。漱石は歯並びの悪いのに口元を隠さず笑う鏡子を愉快に思い、鏡子は漱石の容姿にひかれたというが、実態は不明。不仲な夫婦として知られる。長女筆子を筆頭に七人の子を授かる。

運ばなかったり、不愉快な目に逢《あ》わせられたりするのは、薬の時間を間違えたり菓子を一つぬすんで食うよりも悪いかも知れない。

この部分は全体的に、威張った感じがして可愛《かわい》げがありませんが、「菓子を一つぬすんで食う〜」で笑わせ、ざらつきかけた相手の神経をなだめる配慮を忘れません。そしてさらに不愉快の原因をつけ添えます。

今のおれは今迄の費用のかたがはっきり就いて、病室の出入がざわざわしないで、朝から晩迄閑静に暮す事が出来て、……そうして日々身体《からだ》が回復して食慾《しょくよく》が増しさえすれば目前はまあ幸福なのである。病人だから勝手な事をいうが、実際そうだよ。

費用のこと、病室のざわざわ、食欲不振など、不愉快の原因を列挙しますが、それだけではまた相手の神経をトゲトゲさせてしまうので、バランスをとる言い訳、「病人だから勝手な事をいう〈＝病人のわがままだから、悪く思わないで聞いてよ〉」を加えることを忘れません。見事な手際《ぎわ》です。

また、文末では、こんな言い方もおまけにつけました。

世の中は煩《わずら》わしい事ばかりである。……しばらく休息の出来るのは病気中である。其《その》病気中にいらいらする程いやな事はない。おれに取って難有《ありがた》い大切な病気だ。どうか楽にさせてくれ　穴賢《あなかしこ》

「難有い大切な病気」は、言い得て妙です。別に病気がありがたいのではなく、〈結果的にありがたい休息を与えてくれた病気〉にすぎず、大切なのは休息なのですが。

まっとうな言い訳やユーモラスで奇妙な言い訳を駆使し

て、漱石は妻の心をざらつかせないようにしながら、文句もきちっと伝えたのでした。

未知の人の面会依頼を
へっぴり腰で
受け入れた

夏目漱石

御目にかかる価値のない男です

昨今は一般に表札を出す人が減っています。ましてや著名人は、無礼な来訪やピンポンダッシュを防ぐために、表札は出さないのが普通です。

しかし、夏目漱石の早稲田南町の自宅兼書斎には、しばしば未知の訪問者が突然現れ、漱石はときに引き入れ、ときにお引き取り願ったようです。

たとえば、大正三年十一月には、読者と称する三十代半ばと思われる女性が留守中に訪れ、住所を残していきました。ちなみに漱石はこのときすでに四十七歳、三十八歳のときに『吾輩は猫である』で文壇に本格デビューして以来、『虞美人草《ぐびじんそう》』『それから』『門』『こころ』などの数々の名作を書き上げ、輝かしい文名を不動のものにしていました。

つまり、漱石晩年の絶頂期、それほど暇ではないはずなのに、漱石は住所を残していった未知の女性にわざわざ手紙を書きました。その理由は、次に紹介する漱石の手紙の文中にもあるように、「あなた大変奇麗で読み易《やす》い字」だったからかもしれません。あなたがきれいだったか、あなたの字がきれいだったたか、その両方だったたか、判然としない表現ですが、いずれにせよ、ある種の魅力を感じたようです。

此間《こないだ》は御出下《おいで》さった処《ところ》留守で失礼致しました　あなたは私の書物を愛読して下さるそうですが感謝致します、然し人の作物はよんで面白くても会うと存外いやなものです　だから古人の書物が好きになるのです　私は御目にかかるのは構いませんが　御目にかかる価値のない男ですから　夫程《それほど》御希望でないなら御止《おや》めなさい、夫から私に会ってどうなさる御つもりですか　ただ会うのですか　私は物質的には無論精神的にあなたに利益を与える事は到底出来まいと思います　失礼ですがあなた大変奇麗で読み易い字を御書きになります　私は此《この》通り乱暴です御推読を願います

漱石先生、腰が引けたようすを示しながらも、玄関の戸を大きく開いてしまっているように感じられる内容です。

手紙の大意と漱石の本心は、次の通りです。

〈作家なんて私も含めて、作品が面白くても本人に会うと、意外に嫌な人が多いんですよ。だから私なんか昔の人の本が好きになります。お会いするのはかまいませんが、私は会う価値なんてない男ですよ。あなたに物質的にも精神的にも、何の利益も与えられませんよ。それでもいいんです

［後日談］
この手紙の相手は、結局何度か漱石の早稲田南町の書斎を訪れて、自らの苦しい過去を告白し、生き方について漱石に意見を求

か〉

この手紙は、相手を思いとどまらせようとする内容というより、会った際の相手の失望を和らげるための言い訳です。漱石は事前に保険をかけたわけです。

実際に会って、相手がガッカリしたときに、〈なるほど手紙の通りだったわ、会う価値のない人だった。私の失望は、漱石先生の責任ではなく、私が先生の忠告に従わなかったせいだわ〉と思わせるためのものでした。

漱石のこの保険的言い訳からわかるのは、言い訳をすればするほど、相手の依頼を受け入れることにやぶさかでない本心、あるいは、相手の依頼を受け入れたい意欲のあらわれと受け取られる可能性が大きくなる場合があるということです。

この手紙をもらった女性は、おそらく漱石からの拒否でも渋々の承諾でもなく、快諾通知と解釈して約束を取り付け、いそいそと面会に赴いたことでしょう。

めた。漱石の作品『硝子戸の中』の「六〜八」は、その模様を詳しく美しく記し、作品化したものだとされている。その一部を次に紹介しておく。「女の告白は聴いている私を息苦しくしたくらいに悲痛を極めたものであった。彼女は私に向ってこんな質問をかけた。――／『もし先生が小説を御書きになる場合には、その女の始末をどうなさいますか』／私は返答に窮した。／『女の死ぬ方がいいと御思いになりますか、それとも生きているように御書きになりますか』／私はどちらにでも書けると答えて、暗に女の気色をうかがった。女はもっと判然した挨拶を私から要求するように見えた。私は仕方なしにこう答えた」。

失礼な詫び方で
信愛を表現した
テクニシャン　**夏目漱石**

たまには此位《このぐらい》な事があってもよろしいと思う

ある日友人が突然私の家に遊びに来てくれました。あいにく来客中だったので、玄関先での挨拶《あいさつ》で失礼しました。その夜私は友人に電話で、旧友の久しぶりの来訪のためにそっけなくして申し訳なかったと詫びました。しかし、電話を切ってから罪悪感に襲われました。友人が来てくれたのも、久しぶりだったからです。後先の違いはあっても、久しぶりは同じなのに、扱いの差をつけたことを、わざわざ目立たせて友人に伝えてしまったわけです。いわゆるやぶ蛇になりかねない愚行でした。

言わなくてもいい言い訳があるのです。

ところが夏目漱石は不要の言い訳を大変効果的に使いました。愛弟子《まなでし》の寺田寅彦の訪問を受けたときのことでした。

この出来事の意味合いを深く味わうために、寺田寅彦と夏目漱石の関係を、簡単に説明しておきます。

物理学者で随筆家の寺田寅彦は、夏目漱石の一番弟子です。漱石が二十九歳のときに熊本の第五高等学校に赴任した際、寅彦は十七歳の学生でした。科学と文学に興味のあった寅彦は、漱石から俳句を学ぶことにより親交を深めます。そして寅彦にとって漱石は、かけがえのない存在となりました。『夏目漱石先生の追憶』の中で、寅彦は次のように述べています。

「いろいろな不幸のために心が重くなったときに、先生に会って話をしていると心の重荷がいつのまにか軽くなっていた。不平や煩悶《はんもん》のために心の暗くなった時に先生と相対していると、そういう心の黒雲がきれいに吹き払われ、新しい気分で自分の仕事に全力を注ぐことができた。先生というものの存在そのものが心の糧《かて》となり医薬となるのであった」

そんな寅彦は、東京帝大の大学院に進学し、講師も兼ねていた明治三十七年頃も、始終漱石の住む東京文京区千駄木の住まいに出入していました。漱石はイギリス留学から戻って東京帝大の講師となり、『吾輩は猫である』で華々しく文壇デビューする直前の時期でした。

寅彦は漱石の弟子といっても、その学問的見識の高さと安定した人格により、漱石から愛されるだけでなく、一目置かれる存在だったので、他のお客や門下生たちとは別格の扱いで、自由なアポなしの来訪を許されていました。寅彦は漱石が来客などで忙しいときには、漱石の家でただ昼寝だけして帰っていったりするような親密な間柄でした。

そんなわけで、予告もなく好きなときに勝手に来る寅彦に、漱石は一切気を遣う必要はなかったのですが、それでも漱石は寅彦の相手ができなかった言い訳を、あるとき手紙でこう伝えました。

君がくると近頃は客が居る、君は勉強がいやになった時に人を襲撃するのだからたまには此位《このぐらい》な事があってもよろしいと思う

漱石一流のほどよい皮肉の効いた、あたたか過ぎる気遣いです。〈別に僕に会いたいからではなく、勉強が嫌になって逃避場所を求めるためという身勝手な都合で君は来るのだから、たまには僕に邪険に扱われても文句はいえまい〉と、漱石が与えた処遇の正当性を述べるだけで、一言も詫びの言葉を用いていないのに、寅彦の期待外れの思いを、ていねいにいたわる効果を、最大限に発揮しています。言い訳に、さわやかな信愛の情を色濃く載せてしまうこの離れ業は、漱石ならではの名人芸です。

宛名の誤記の失礼を
別の失礼で
うまく隠したズルい

夏目漱石

君の名を忘れたのではない。かき違えたのだ失敬

画家は比較的長生きです。北斎は八十八歳、大観は八十九歳、ピカソは九十一歳まで生きました。絵を描くのは、精神衛生によいようです。

夏目漱石は享年《きようねん》四十九、長生きとはいえませんが、盛んに絵を描き気分転換をはかった時期があります。明治三十七年、三十七歳の頃のことです。

漱石は明治三十三年、文部省第一回給費留学生として英語研究のためにイギリス留学を命じられ、二年半ほど留学生活を送りましたが、留学中神経衰弱に悩まされました。

帰国後漱石は、はがきに水彩で風景や人物やポンチ絵や名画の模写を書き、親しい人たちに送りつけて楽しみました。

そして、絵には、こんなふうに添え書きをしました。

僕の肖像を鏡へ向いてかいたらこんなのが出来た。
中々好男子だ

この添え書きのある絵は、確かにカイゼル髭《ひげ》をたくわえたハンサムな漱石ですが、なんとなく影の薄い、気の抜けた漱石で、ちょっと笑えます。

あるいは、あまりかわいらしくない少女の絵をはがきに描いて送ったときには、こんな言葉を添えました。

もう少し甘《うま》く書く筈《はず》の処例の如く出来損えり

〈絵が出来損なってしまい、鑑賞にたえず、迷惑かもしれ

［おっちょこちょいな漱石］
漱石の確認されている書簡二千五百余の中には、何通か自分の名前を書き間違えているものがある。通常は本名の夏目金之助と書き、これを間違えた例はないが、「漱石」と署名したとき、「漱」の「欠」を「攵」にしてしまうことがあった。

ないけれど、本来は傑作を送って目の保養を与えたいという善意から始めたことだから、勘弁してください〉——そんな意味の言い訳です。

以上の二通の絵はがきの宛て先は、いずれも田口俊一。気の置けない間柄だったようです。

ところが漱石は、よく知る相手なのに、あるときいつものように絵を描いて送ったはがきの宛て先を、「田中俊一様」と書いてしまったことがありました。すると田口から、〈田中ではありませんよ、田口。お忘れですか〉といったふうな軽い抗議が届いたようです。

そこで漱石は、またはがきに絵を描いて、添え書きで次のように言い訳しながら謝りました。

君の名を忘れたのではない。かき違えたのだ失敬

〈まさか、忘れるはずがないでしょう。ちょっと書き間違

えただけですよ。ロと中、一本棒があるかないかだから、勢いで、つい……。いやいや失敬〉——そんなニュアンスの言い訳を伝えたのでした。いわば、大きな失礼を小さな失礼で、おおい隠そうとする手法です。

それに類似したやり口を、ある高名な政治家が利用していたのを思い出します。彼は、面会した人の苗字《みょうじ》が思い出せないとき、こんな方法で巧みに聞き出しました。

政治家「お名前はなんでしたっけ」

相　手「鈴木ですよ、いやだなあ、もうお忘れですか」

政治家「いや、鈴木さんは知っています。聞いたのは、苗字じゃなくてお名前ですよ」

相手の誤解を誘発させることによって、苗字を忘れた失礼を帳消しにしてしまう、魔法のズルです。

預かった手紙を盗まれ
反省の範囲を
面白く限定した

夏目漱石

気をつけるなら泥棒氏の方で気を付けるより仕方がない。

人から預かっていた大切なものをなくしてしまったとき、どう謝るのがよいのでしょうか。ていねいにお詫びの言葉を述べてから、なくしたときの状況を説明し、二度とそんなことが起きぬよう注意すると誓うのが一般的です。夏目漱石もそうしました。教え子の門下生から預かっていた大切な手紙を盗まれたときのことでした。事件のあらましは次の通りです。

東大の先生をしていた漱石のもとには、彼を慕う多くの学生が集まってきました。その一人中川芳太郎《よしたろう》は、あるとき漱石のもとに手紙を持参し、漱石に預けました。自分の友人鈴木三重吉が漱石を熱愛し手紙を書いたので、それを見せるためでした。鈴木三重吉は、やがて日本で初めての本格的な児童雑誌「赤い鳥」を発刊する人です。漱石は中川が持参した三重吉の手紙をじっくり読んでから、次のような手紙を中川に送りました。文中の「金やん」は、漱石の本名が金之助《きんのすけ》なので、三重吉が用いた愛称です。

驚ろいた事は三重吉君が僕の事をのべつにかいて居る事だ　自分のおやじの事より僕の事が余程長くかいてある。あの手紙が三間の長さとすると二間は慥《たし》かに金やんの事で埋って居る。僕の様な人間が学生の一人の頭脳を是程迄にオキュパイして居るとは夢にも考えなかった。……あれ丈長く僕の事をかいて居《お》り又あれ丈僕の事をほめて居るが少しも御世辞らしい所がない。

「赤い鳥」
鈴木三重吉が三十五歳のときに創刊した童話と童謡の児童雑誌。十八年間継続した。童話は、芥川龍之介の『蜘蛛の糸』『杜子春』、有島武郎の『一房の葡萄』、新美南吉の『ごんぎつね』など、童謡は、北原白秋の「からたちの花」、西條八十の「かなりや」など、数多くの名作が同誌から誕生した。

昔の文章家の様にウソらしい文句がない。誇張も何もない。どうしても真摯《しんし》な感じとしか受取れん。是が僕の三重吉君に尤《もっと》も深く謝する所である。

漱石は三重吉の手紙を絶賛しました。しかし、その後、預かっていた三重吉の手紙が見当たらなくなりました。泥棒の仕業でした。そこで漱石は中川にこう謝りました。

三重吉君が三間余の手紙を天下の珍品と心得て持って行ったとすれば此泥棒は中々話せる泥棒に相違ない。然し君の所へ来た手紙を僕がぬすまれて平気で居る訳にも参りかねるによって一寸《ちょっと》手紙を以て御詫を致す訳だがね。どうか御勘弁にあずかりたい。向後気をつけると申したいが僕の家は是より気のつけ様がない。気をつけるなら泥棒氏の方で気を付けるより仕方がない。

三間余、約五、六メートルの手紙の盗難の責任を痛感して謝り、今後気をつけると言おうとして、待てよ、と漱石は思いました。〈自分はもうこれ以上気をつけようがないのだから、気をつけるべきは泥棒の方だ〉と。漱石も被害者であることに気がつき、理解を求めたのでした。

言い得て妙な言い訳です。愉快でもあります。不祥事に際して、自分が負うべき責任の範囲を正確に見極め、余計な責任までしょいこまないようにするためには、漱石の言い訳が参考になります。

なお、漱石はこの後、「尤《もっと》もあんなうつくしい手紙を見たら泥棒も発心《ほっしん》（改心）して善心に立ち帰るだろうと思うから其内《そのうち》手紙も自然どこかから戻るかも知れない」と書いて中川と三重吉と自分を慰めましたが、結局手紙は戻りませんでした。

句会から投稿を
催促され神様を
持ち出したズルい

俳神に見離され候《そうろう》せいか　一向作句無之《これなく》

夏目漱石

ゴルフをする人は身に覚えがあるはずです。仲間数人でゴルフ場に向かう車中は、言い訳の花盛りとなります。曰《いわ》く、「昨日は仕事、徹夜になってしまってね」「この頃練習場にも行ってないよ」「ドライバー、買い換えたばかりで、今日初おろしだ」などなど、スコアがまとまらない理由を事前にそれとなくアピールして、保険をかけ合います。

ゴルフの本場イギリスには、そうした言い訳を集めた本も存在するそうです。

我らが漱石先生の場合はゴルフではありませんが、所属していた句会の句集に投稿し、主宰者に見てもらうときに、こんな言い訳を添えました。明治三十六年、まだ作家専門ではなかったときのことです。

白扇会投稿用紙わざわざ御送被下候《くだされそうろう》につき　別紙蕪《ぶ》句《く》数首御笑覧《しょうらん》に供《きょう》し申候《もうしそうろう》　近頃俳句抔《など》やりたる事なく候間《そうろうあいだ》　頗《すこぶ》るマズキものばかりに候

「白扇会」は漱石が所属していた句会。「蕪句」は粗雑な俳句のこと。要するに、〈最近は練習していないので、思いきりまずいものばかりです。練習していればなんとかなるのですが〉、という言い訳です。ちなみに、「マズキもの」の一つはこんなものでした。「能もなき教師とならんあら涼し」。

また漱石は、蕪句さえできないときは、同じ句会に同年、

［夏目漱石の俳句］
・菫ほどな小さき人に生れたし
・土筆物言はずすんすんとのびたり
・行く年や猫うづくまる膝の上
・秋の川真白な石を拾ひけり
・本名は頓とわからず草の花
・君が琴塵を払へば鳴る秋か

こんな手紙を書きました。

過日は蕪稿御求めに相成《あいなり》候《そうろう》処《ところ》 近頃俳神に見離され候せいか 一向作句無之《これなく》 不得已《やむをえず》其儘《そのまま》に致し置候《おきそうろう》 不悪《あしからず》御容赦《ごようしや》可被下《くださるべく》候《そうろう》。

この時期漱石はイギリス留学から戻り、教師生活に嫌気がさしていた頃で心に余裕がなく、とても作句を愉《たの》しむ状況ではなかったようです。しかし、そんなあからさまな理由を示しても、相手も自分も楽しくなりません。そこで、「近頃俳神に見離され」と、ちょっとシャレた言い訳をしてみました。

確かに詩作は詩神の降臨を待つしかありません。相手もきっとニヤニヤしながら納得したことでしょう。

そして漱石は、これらの手紙から二年ほどたった明治三十八年、三十八歳のときに『吾輩は猫である』を俳誌「ホトトギス」に書いて大成功をおさめた頃には、同誌の編集長高浜虚子の原稿の催促に対して、別な言い訳のバリエーションを披露しました。

ちなみに虚子は、『吾輩は猫である』を漱石に書かせ、最初の原稿を丹念に推敲《すいこう》し世に出した俳人であり、名編集者です。虚子がいなければ文豪漱石は存在しなかったかもしれません。そんな二人は互いに長所を尊敬し合い、腹蔵なくものを言い合える間柄でした。

漱石の虚子への原稿遅延の言い訳は、次の通りです。

十四日にしめ切ると仰《おお》せあるが十四日には六《む》づかしいですよ。……そう急いでも詩の神が承知しませんからね。

「俳神に見離され」よりも、さらに余裕を感じさせる言い方です。『吾輩は猫である』の成功が、漱石に心のゆとり

高浜虚子(たかはま・きょし)明治七年(一八七四)~昭和三十四年(一九五九)。享年八十五。俳人・小説家。河東碧梧桐とともに正岡子規に師事。子規没後、俳誌「ホトトギス」を受け継いで主宰。多くの優れた俳人を育成した。『虚子句集』『五百句』など、多くの句集がある。小説は、『俳諧師』『続俳諧師』『柿二つ』など。

を与えたのかもしれません。

ちょっとズルい感じはするものの相手を不快にしない、なるほどと思わせる愉快な責任回避の言葉で、漱石は虚子を煙《けむ》に巻きました。

なお、このとき漱石が頼まれていたのは詩ではありませんが、あえて「詩の神」としたところに、漱石らしい含蓄が感じられます。詩ではなく散文であっても、詩情、詩趣のない文章は魅力がないというメッセージを読み取ることができます。

単にシャレた言い回しを駆使しただけではなく、文章作法の神髄にも触れた、なかなか重量感のある言い訳です。

［『吾輩は猫である』の冒頭］

「吾輩は猫である。名前はまだ無い。／どこで生れたか頓と見当がつかぬ。何でも薄暗いじめじめした所でニャーニャー泣いて居た事丈は記憶して居る。吾輩はここで始めて人間というものを見た。然もあとで聞くとそれは書生という人間中で一番獰悪（どうあく）な種族であったそうだ。此書生というのは時々我々を捕えて煮て食うという話である」

不当な苦情に対して
巧みに猛烈な
反駁《はんばく》を盛り込んだ

夏目漱石

小宮は馬鹿《ばか》ですからどうぞ取り合わないように願います

「私は私の過去を善悪ともに他《ひと》の参考に供する積《つもり》です」と登場人物の「先生」に言わせて、名作『こころ』の連載を終えたのは、夏目漱石、四十七歳、大正三年のときのことでした。この傑作により、文豪漱石の地位は、さらに確かなものとなりました。

しかし、同年折しもあろうことか、この大文豪に、食ってかかってきた新進の女性作家がいました。田村俊子、三十歳でした。

田村俊子（たむら・としこ）明治十七年（一八八四）〜昭和二十年（一九四五）。享年六十。小説家・女優。日本女子大学を中退して幸田露伴に師事。二十二歳から四年間、女優生活を送る。明治四十四年、大阪朝日新聞の懸賞小説に『あきらめ』を応募し一等になり作家生活に入る。耽美的な独特の官能描写に田村は浅草生まれのチャキチャキの江戸っ子で、幸田露伴の門下で作家修業をしたり、女優を経験したりと、自由奔放に活動して、明治四十四年二十七歳のとき、大阪朝日新聞の懸賞小説で一等になって作家生活に入り、漱石が在籍していた朝日新聞との関わりを持ちました。

漱石は朝日新聞の社員として小説を書くかたわら文芸欄の編集業務も行ない、編集実務は漱石の門下生たちに任せ、田村の担当には、田村と同い年の小宮豊隆《こみやとよたか》を当てました。

そんな状況の中で、あるとき田村から漱石に、ヒステリックな苦情が届いたようです。そこで漱石は手紙でこう答えました。

> 御手紙を拝見致しました　小宮が何か申上《もうしあげ》たそうでそれがため御気に障《さわ》ったと見えます　どうも恐れ入りました　小宮は馬鹿ですからどうぞ取り合わないように願います……私は「あれがあの人の癖だ」抔と申し

より人気を得る。派手好き、浪費癖、享楽的な面を強調する評者が多い。

【朝日新聞文芸欄】
明治四十二年に夏目漱石が創設した文芸欄は、漱石自身が編集を行い、文芸はもとより、美術、音楽、演劇など、さまざまな学芸分野についての論評、随想などを掲載した。

た覚《おぼえ》はありません、私があなたの手紙に対して加えた評について　露骨な有体《ありてい》の事をここに繰返すのは私の責任でもあり又難事とも思いませんが　手紙でくどくどしい事を申すのも手間が取れますから　今後もし機会があって御目にかかる事が出来た時　御質問が出れば何でも御満足の行くように御話を致す考《かんがえ》で居ります

右迄　草々

漱石は愛弟子が田村を不快にさせたことについて、一応礼儀正しく詫びましたが、自分が田村を非難した覚えはないので、小宮の軽口を真に受けないようにとすすめました。〈あなた、あいつはバカですよ。バカが言ったことを、真に受けちゃっちゃ、いけませんぜ、へへッ〉といった感じです。

漱石にしては雑、ぞんざいな説明でした。対応の不備を、「馬鹿」の一言にすべて押し込めて、はい、これでおしま

い、ということにしようとしたのです。バカをいくら責めてもラチがあかないというリクツ、言い訳によって。

しかし、それだけでは不十分と思い漱石は、こう補足しました。

〈私は「あれがあの人の癖だ」なんて言った覚えはありません。私があなたの手紙を読んだときの感想を、ここでピッタリそのまま繰り返すのは、私の責任であり面倒とも思いませんが、手紙でくどくど書くのも手間なので、今度もしお会いする機会があり、そのときまだあなたに文句があるなら、とことんご説明するつもりです〉

誤解を解くために、ていねいに説明する義務があり、その義務を履行することはやぶさかではないと述べながらも、漱石先生、だんだん腹が立ってきたようです。

〈もう、面倒くさいな、手紙で説明するのは「手間」だから、いつかわからないけれど、あったときにまだ怒っていたら、なんとでも説明してあげるよ〉と言い捨て、「草々」

で締めくくったのでした。

漱石はふつう親しい友達にも、おざなりな「草々」はあまり使いません。粗雑な内容になってしまった場合でも、「草々敬具」「草々頓首《とんしゅ》」などの結語を用い、敬意を忘れません。

漱石は田村への違和感を粗雑な言い訳と簡素な結語に託して発信したのです。

この手紙は、釈明を装《よそお》った猛烈な反駁の手紙です。〈よーし、小生意気な小娘、いつでもかかって来い! 受けて立とうじゃないか〉という通知です。

言い訳の質をいろいろと調節することにより、微妙な真意をわかりにくく盛り込むことができると、いたずらな漱石は教えています。

おわりに

長い間、言い訳について考えながら本書を書いているうちに、日ごろ目にするいろいろな言葉にも、言い訳が隠れていることに気づきました。

本文で紹介した芥川龍之介の箴言集《しんげん》、『侏儒《しゅじゅ》の言葉』というタイトルにも、言い訳が含まれています。侏儒とはコビトのことで、知識の足りない人という意味もあります。箴言とはいうまでもなく、教訓や戒めを含む言葉です。

つまり、タイトルの中に、〈無知を十分わきまえている私ですが、偉そうに、こんな教訓めいたことを言ってしまいます。どうぞ気を悪くなさらないでください。これはバカの言葉です〉という自虐《じぎゃく》的なエクスキューズを潜ませているのです。

芥川龍之介の師匠、夏目漱石は、ある手紙の中でこう言います。

「人が悪口を叩《たた》かぬ先に自分で悪口を叩いて置く方が洒落《しゃれ》てるじゃありませんか」

漱石という筆名は、つむじ曲がり、頑固者という意味で、人からの攻撃に先んじて、自分で自分の悪口を言ったわけです。弟子の芥川龍之介も漱石と同様に、自分の箴言集を洒落たものにするために、わざと蔑《さげす》みました。

こうした配慮は、自分が悪く思われないようにするための保険であり、同時に、相手に無用な不愉快を与えないための気遣いといえます。

もとより言い訳とは自己弁護で、その弁護の説得力が小さければ、言い逃れ、逃げ口上と思われ、説得力が大きくなれば、弁解、釈明、説明と思われるわけです。

ついては、自己弁護に関して芥川龍之介が、『侏儒の言葉』で興味深いことを言っているので引いておきます。

「言行一致の美名を得る為《ため》にはまず自己弁護に長じなければならぬ」

言行一致、すなわち、言葉と行ないに一貫性があることとは、人からほめられるとても重要なことで、その勲章を得るには、言い訳がうまくなる必要があるんですよ、と説いています。確かに、と思います。

たとえば、送稿を催促された際の坂口安吾の次の手紙も、言い訳を利用して言行一致を目指したものです。

「御手紙拝読。いつもいつも、書けず、御迷惑のみおかけしました。あなたのところは、あんまり大事をとるので、いつも、あと廻しになる次第、御かんべん下さい」

安吾は約束を果たせないという言行の不一致状態を、「あなたのところは、あんまり大事をとるので、いつも、あと廻し」という説明により、言（理想）と行（現状）の矛盾を解消しようとしています。

まあ、ちょっとウソっぽいこの言い訳で、相手が本当に説得されたかどうかはわかりませんが、少なくとも苦笑ぐらいは引き出せ、親交の円満は保たれたはずです。

ことほどさように言い訳は、言と行の隔たり、建前と実際の不一致を補修するのに役立ち、相手の不満を和らげたり、不愉快を手当てしたりするのに効果的です。

いうなれば言い訳は、事件現場からの逃走であり、同時に、被害者への寄り添いです。この矛盾した行為を、精妙に適切に両立させることができれば、私たちも文豪のように、すごい言い訳が創造できるかもしれません。

とはいえ、一方で、芥川の『侏儒の言葉』にあるもう一つの箴言も気になります。

「『桃李《とうり》言わざれども、下自《しもおのずか》ら蹊《けい》を成す』とは確かに知者の言である。尤《もっと》も『桃李言わざれども』ではない。実は『桃李言わざれば』である」

おいしい実やきれいな花をつけるモモやスモモは、黙っていても人が自然に集まり、いつのまにか道ができるように、徳のあるすばらしい人の所には、何も言わなくても人が集まって来るというおなじみの故事成語ですが、芥川は、〈何も言わなくても〉ではなく、〈何も言わないから〉人が集まるのだ、と言っています。

なるほど言葉は、言い訳は、極力控えるのが賢明です。

言い訳の表面には、自他をケアするよい働きがあり、裏面には人品を低下させる悪い作用があります。そして、運用を誤ると、すぐ裏目が出て、自分を下落させ、相手を激怒させるので、余程注意が必要です。

本書が言い訳という危険物の取説代わりとしても役立てば、冥利《みょうり》につきます。

著　者

平成三十一年三月

参考・引用文献一覧

第一章　男と女の恋の言い訳
『芥川龍之介全集』（平成九年、岩波書店）／芥川龍之介『侏儒の言葉』（昭和二年、文藝春秋社出版部）／佐藤通雅『白秋の童謡』（平成三年、沖積舎）／『白秋全集』（昭和六十三年、岩波書店）／北原白秋『代表歌選　別輯第2　北原白秋篇』（大正六年、抒情詩社）／川口昌男『樋口一葉の手紙』（平成十年、大修館書店）／荻野富士夫編『小林多喜二の手紙』（平成二十一年、岩波書店）／新潮社辞典編集部編『新潮日本文学辞典』（昭和六十三年、新潮社）／『志賀直哉全集』（昭和四十九年、岩波書店）／『定本　織田作之助全集』（昭和五十一年、文泉堂出版）／植村鞆音『直木三十五伝』（平成十七年、文藝春秋）／直木三十五全集刊行会編『直木三十五全集』（平成三年、示人社）／山田太一編『寺山修司からの手紙』（平成二十七年、岩波書店）／寺山修司『青蛾館』（昭和五十五年、角川書店）／『現代詩文庫〈１００９〉萩原朔太郎詩集』（昭和五十年、思潮社）／『全国文学館協議会　紀要２０１６』（平成二十八年）／『谷崎潤一郎全集』（昭和四十五年、中央公論社）／谷崎潤一郎『痴人の愛』（昭和二十二年、新潮社）／郷原宏編『八木重吉詩集』（昭和五十三年、旺文社）／『八木重吉全集』（昭和五十七年、筑摩書房）／『新潮日本文学アルバム34　林芙美子』（昭和六十一年、新潮社）／林芙美子著今川英子編『林芙美子　巴里の恋』（平成十三年、中央公論新社）／林芙美子『放浪記』（昭和五十四年、新潮社）

第二章　お金にまつわる苦しい言い訳
亀井勝一郎編『武者小路実篤詩集』（昭和二十八年、角川書店）／『武者小路実篤全集』（平成三年、小学館)／『定本　佐藤春夫全集』(平成十三年、臨川書店)／佐藤春夫『蝗の大旅行』(大正十五年、改造社)／横光利一『機械』(昭和六年、白水社)／梶井基次郎『檸檬』(昭和六年、武蔵野書院)／『若山牧水全集』(昭和三十四年、雄鶏社)／若山繁『海の声』(明治四十一年、生命社)／倉敷市編著『倉敷市蔵　薄田泣菫宛書簡集　作家篇』(平成二十六年、八木書店)／『菊池寛全集』(昭和四年、平凡社)／平岡敏夫『石川啄木の手紙』(平成八年、大修館書店)／中川越『文豪たちの手紙の奥義』(平成二十二年、新潮社)／石川正雄編『現代教養文庫３０７　啄木のうた』(昭和三十六年、社会思想社)／『太宰治全集』(昭和四十三年、筑摩書房)／太宰治『津軽』(昭和二十二年、前田出版社)／『宮澤賢治全集』(昭和四十九年、筑摩書房)／『【新】校本　宮澤賢治全集』(平成九年、筑摩書房)

第三章　手紙の無作法を詫びる言い訳
『吉川英治全集』(昭和四十五年、講談社)／吉川英治『現代青年道』(昭和十一年、日本青年文化協会)／河上徹太郎編『中原中也詩集』(昭和四十三年、角川書店)／安原喜弘編著『中原中也の手紙』(平成十二年、青土社)／『太宰治全集』(平成元年、筑摩書房)／『太宰治全集』(昭和四十三年、筑摩書房)／『日本の詩集6　室生犀星詩集』(昭和四十三年、角川書店)／室生犀星『我が愛する詩人の伝記』(昭和三十三年、中央公論社)／『志賀直哉全集』(昭和四十九年、岩波書店)／『現代日本文学全集20　志賀直哉集』(昭和二十九年、筑摩書房)／『定本　横光利一全集』(平成十一年、河出書房新社)／横光利一『機械』(昭和六年、白水社)／『日本文学全集32　横光利一集』(昭和四十五年、筑摩書房)／『芥川龍之介全集』(平成九年、岩波書店)／芥川龍之介『侏儒の言葉』(昭和二年、文藝春秋社出版部)

第四章　依頼を断るときの上手い言い訳
D・H・ローレンス著　伊藤整訳『世界文学全集20　チャタレイ夫人の恋人』（昭和四十六年、新潮社）／『坂口安吾全集』（平成十二年、筑摩書房）／坂口安吾『堕落論』（昭和三十二年、角川書店）／松本清張監修『明治百年100大事件　下』（昭和四十三年、三一書房）／『高村光太郎全集』（昭和三十三年、筑摩書房）／『谷崎潤一郎全集』（昭和四十五年、中央公論社）／『作家の随想6　谷崎潤一郎』（平成八年、日本図書センター）／日本文学研究資料刊行会編『日本文学研究資料叢書　谷崎潤一郎』（昭和四十七年、有精堂出版）／笹沢信『藤沢周平伝』（平成二十五年、白水社）／『藤沢周平全集』（平成十四年、文藝春秋）／高橋敏夫『藤沢周平の言葉』（平成二十一年、角川SSコミュニケーションズ）／『藤村全集』（昭和四十三年、筑摩書房）／『鷗外全集』（昭和五十年、岩波書店）

第五章　やらかした失礼・失態を乗り切る言い訳
『昭和前期の青春―山田風太郎エッセイ集成』（平成十九年、筑摩書房）／『山田風太郎書簡集』（平成十六年、神戸新聞総合出版センター）／角川書店編集部編『列外の奇才　山田風太郎』（平成二十二年、角川書店）／『人間万事嘘ばっかり―山田風太郎エッセイ集成』（平成二十二年、筑摩書房）／『志賀直哉全集』（昭和四十九年、岩波書店）／『新美南吉全集』（昭和四十八年、牧書店）／長田暁二編著『詩と解説　日本のうた大全集』（平成十五年、自由現代社）／巽聖歌『新美南吉の手紙とその生涯』（昭和三十七年、英宝社）／『白秋全集』（昭和六十三年、岩波書店）／一元社編輯部編『作法文範　古今名家　書翰文大集成』（昭和九年、一元社）／河上徹太郎編『中原中也詩集』（昭和四十三年、角川書店）／安原喜弘編著『中原中也の手紙』（平成十二年、青土社）／中村汀女編『日本の名随筆43　雨』（昭和六十一年、作品社）／『若山牧水全集』（昭和五十七年、日本図書センター）／石

川啄木著　小田切秀雄編『啄木書簡』（昭和五十七年、第三文明社）／石川正雄編『現代教養文庫307　啄木のうた』（昭和三十六年、社会思想社）／尾崎紅葉『金色夜叉』（昭和四十四年、新潮社）／『紅葉全集』（平成七年、岩波書店）／『太宰治全集』（昭和四十三年、筑摩書房）／山岸外史『太宰治おぼえがき』（昭和三十八年、審美社）／日本文学報国会編『定本　国民座右銘』（昭和十九年、朝日新聞社）／『寺田寅彦全集』（昭和十二年、岩波書店）／『寺田寅彦全集』（昭和三十六年、岩波書店）

第六章「文豪あるある」の言い訳

『川端康成全集』（昭和五十九年、新潮社）／「朝日新聞」（昭和四十三年十月十八日、朝日新聞社）／倉敷市編著『倉敷市蔵　薄田泣菫宛書簡集　作家篇』（平成二十六年、八木書店）／『新編　泉鏡花集』（平成十六年、岩波書店）／『志賀直哉全集』（昭和四十九年、岩波書店）／『漱石全集』（平成九年、岩波書店）／『新潮日本文学アルバム20　三島由紀夫』（昭和五十八年、新潮社）／『決定版　三島由紀夫全集』（平成十二年、新潮社）／『江戸川乱歩全集』（昭和五十四年、講談社）／井上良夫『探偵クラブ　探偵小説のプロフィル』（平成六年、国書刊行会）／『子規全集』（大正十四年、アルス）／『太宰治全集』（昭和四十三年、筑摩書房）／徳冨蘆花『小説　不如帰』（昭和十三年、岩波書店）／『蘆花全集』（昭和四年、新潮社）／『辻邦生作品』（昭和四十七年、河出書房新社）／辻邦生　北杜夫『若き日の友情―辻邦生・北杜夫　往復書簡』（平成二十四年、新潮社）／『志賀直哉全集』（昭和四十九年、岩波書店）／小林秀雄『作家の顔』（昭和三十六年、新潮社）／小林秀雄『モオツァルト』（昭和三十四年、角川書店）／『小林秀雄初期文芸論集』（昭和五十五年、岩波書店）／富岡多恵子『中勘助の恋』（平成十二年、平凡社）／『中勘助全集』（平成三年、岩波書店）

第七章　エクスキューズの達人・夏目漱石の言い訳
『漱石全集』（平成九年、岩波書店）

解説

郷原宏

言い訳とは不思議な言葉です。本来の意味は「物事を筋道立てて説明すること」ですから、とても筋のいい言葉だったはずなのですが、いつのまにかその筋がねじれて、誰もが忌《い》み嫌う言葉になってしまいました。現在では、自分のした失敗や過失について素直に反省し謝罪すべきところを、自分はちっとも悪くないのだと開き直る、卑怯《ひきょう》な言い逃れの意味で使われています。

これはもちろん、言い訳という言葉のせいではありません。いつも筋道の立たない生き方をしていて、そのためにしばしば筋道の立たない言い逃れをせざるをえない、哀れな人間どものせいなのです。

言い訳とよく似た言葉に、弁解と釈明があります。弁解は言い訳の漢語形ともいうべきもので、意味はほとんど変わりません。くどくどと弁解する人に対しては「弁解無用!」とピシャリと言ってやりましょう。

釈明は「周囲の誤解や非難に対して事情を説明して了解を求めること」ですから、言い訳の本来の意味に近いといえるでしょう。そういう人に対しては、きちんと釈明の場を与える必要があります。しかし、国会の政府答弁などを聞いていると、釈明という名の言い訳がまかり通っているように感じられてなりません。

ことほどさように、ひとくちに言い訳といっても、さまざまな種類と形式があります。いちばん分かりやすいのは、見えすいた言い訳というやつで、これは臑《すね》に疵《きず》を持つ政治家の十八番です。その昔、「記憶にございません」というワンフレーズで国会の証人喚問を逃げ切った政商がいました。誰が知恵をつけたのか知りませんが、あれは敵ながら天晴《あっぱ》れな逃げ口上だったと思います。

次に分かりやすいのは、「これは言い訳になりますが」と前置きしてから始める言い訳です。聞き手には最初から言い訳だと分かっているので、比較的おだやかに耳を傾けることができますが、しばしば途中で筋がよじれて、言い訳のための言い訳になってしまうことがあるので油断は禁物です。

これと似て非なる言い訳は「言い訳するわけじゃないけど」で始まる言い訳です。わけがなければ、そんな断りを入れる必要はないわけで、これはもう歴とした言い訳の一部です。「クレタ島人はみんな嘘《うそ》つきだとクレタ島人が言った」という論理学の命題と同じで、このパラドックスの真偽は発言した当人にしかわかりません。いずれにしろ、言い訳などというものは、なるべくならしたくないし、されたくもないものです。言い訳をしたりされたりして気分がよくなるという人は、まずいないといっていいでしょう。

とはいえ、それはあくまで凡人同士の話です。一流の作家や詩人のなかには、されたほうが思わず拍手したくなるような、見事な言い訳をする（した）人たちがいます。考えてみれば、彼らはもともと「物事を筋道立てて説明する」物語の語り部《べ》なのですから、言い訳もまた彼らの作品のひとつといえるかもしれません。

さて、この『すごい言い訳！』は、そうした言い訳名人たちの作品の数々をケース別に分類した傑作アンソロジーです。ここには失敗や失態を乗り切るための通常の言い訳はもとより、恋愛、結婚、借金、礼儀にまつわる言い訳まで、さまざまなケースの実例がそろっていますから、いざというときのお手本、参考書としても大変お徳用です。

「言い訳するわけじゃないけど」などと見えすいた前置きをするより、「漱石がこんなことを言ってるんだけどね」とでも切り出したほうが、ずっとかっこよくて、しかも相手に対する説得力がアップするに違いありません。

参考書としての実用性はともかく、言い訳物語としては、やはり第一章「男と女の恋の言い訳」が格段におもしろい。日頃は空想や仮想の物語を紡《つむ》いでいる作家たちが、恋愛や結婚という人生の一大事に直面して、慌《あわ》てふためきながら必死に自分を立て直そうとしているさまが、さながら私小説の一場面のように、あざやかに浮かび上がってきます。

芥川龍之介が漱石令嬢との二股《ふたまた》疑惑を晴らすために婚約者に書き送った手紙は、彼のどの作品にも増して感動的です。「文《ふみ》ちゃんを得る為《ため》に戦わなければならないとしたら、僕は誰とでも戦うでしょう　そうして勝つまではやめないでしょう」といわれたら、文ちゃんならずとも彼の誠意を信じないわけにはいかないでしょう。この恋の勝利者が、やがて文学と人生に疲れて自死したことを思うと、ひとしお感慨深いものがあります。

樋口一葉の「お誘い御免」状を読んで、私はこの作家がさらに好きになりました。「わたしは忙しくてあなたとデートなんかしている暇はありません」と言えば角が立ちますが、「貧者余裕なくして閑雅の天地に自然の趣きをさぐるによしなく」などと言われれば、しつこいストーカーも黙って引き下がるしかないでしょう。「口語の時代は寒い」と言ったのは現代詩人荒川洋治ですが、こういう素敵な文章に触れると、文語の時代は温かくてよかったなと、つくづく羨《うらや》ましくなります。

すごい言い訳といえば、無頼派作家織田作之助の結婚通知はすごすぎます。「失恋以来、もはや破れかぶれ、遂《つい》に大デブと結婚というはしたなきことになりました」だなんて、もしこれを当の新妻が知ったら、きっとただではすまなかったことでしょう。もっとも、その程度の悶着《もんちゃく》を心配しているようでは、あの名作『夫婦善哉《めおとぜんざい》』は生まれなかったに違いありません。

天才詩人石川啄木は、借金の天才でもありました。旧制中学を中退して上京して以来、友人や知人から返せるあてのない金を借りまくり、その総額は時価にして数千万円に上るといわれています。盟友金田一京助に宛《あ》てた借金依頼状には、その才能が遺憾なく発揮されていて、よくもこうぬけぬけと嘘がつけるものだと感心せずにはいられません。本書の読者は「はたらけど/はたらけど猶《なお》わが生活《くらし》楽にならざり/ぢつと手を見る」という歌が、こうした借金生活の果ての感慨だったことを覚えておかれたほうがいいと思います。

第六章「『文豪あるある』の言い訳」集は、私のような零細文筆業者には、とても参考になります。原稿を催促されたお詫《わ》びに「始終心には致して居りながら、怠け癖の上に目前の金に追われて」と書いた川端康成はさすがです。素直に読めば、「お金目当ての半端《はんぱ》仕事に追われて御社の大切な原稿に手をつける余裕がありません」と言っているわけですが、そこには「もしもうんと原稿料をはずんでいただけるようなら」という底意がほの見えています。私などには、とてもこういう芸当はできませんが、文豪とはつまり、こういう深みのある手紙を書ける作家のことを言うのでしょう。

ダメな原稿をダメと知りつつ悪びれることなく編集者に送りつけた徳冨蘆花も立派です。「如何程《いかほど》しぼりても空肚《すきばら》は矢張空肚にて致方《いたしかた》御さなく御酌量奉願候《ごしやくりようねがいたてまつりそうろう》」。原稿などというものは、書けないときはどんなに頑張っても書けないものです。私も一度はこんな手紙を書いてみたいものですが、それを出したら最後、もう二度と注文は来なくなることでしょう。

その点で、友人に原稿を持ち込まれた北杜夫の手紙は、私にも真似《まね》ることができそうです。私も実はミステリーの解説や書評を書いている関係で、会ったこともない人から出版社を紹介してくれと生原稿を送りつけられることがよくあります。正直なところ、いつも時間貧乏をしている私にとって、これはとても迷惑な話です。

大抵の場合は「たくさんある新人賞のどれかに応募なさってはいかがですか」という手紙をつけて送り返すのですが、たまに、ごくたまに、これはという作品にぶつかると、知り合いの編集者に紹介することもあります。しかし、残念ながらそれが日の目を見たことはありません。私もこれからは「半年くらいあずけ放しにしていいですか」と断ることにしようと思います。

本書の著者、中川越さんは、手紙の文章の専門家です。これまで数十年にわたって、古今東西、有名無名の人々の手紙を集めて研究してきました。とくに漱石の書簡の研究にかけては、まちがいなく斯界《しかい》の第一人者で、すでに『夏目漱石の手紙に学ぶ　伝える工夫』や『漱石からの手紙　人生に折り合いをつけるには』などの名著がありま す。

そんなすごい漱石研究家が満を持して放った第七章「エクスキューズの達人・夏目漱石の言い訳」はまさに圧巻で、真打ち登場といった趣きがあります。

漱石も人の子ですから、いろいろ失敗や失態もあったようですが、その言い訳がすべて文学になっているところがすごい。税金を払うのがいやになって「所得税の休養を仕《つかまつ》る」ことにしたいとか、友人に多額の借金をしておきながら「君に返す金は矢張り十円宛《ずつ》にして居る」とか、ずいぶん自分勝手な言い分ですが、それが少しも嫌味に聞こえないのは、やはり文章の力というしかありません。

考えてみれば、漱石の作品は、ある意味ではすべて言い訳の文学です。『それから』や『門』は高等遊民の「自己本位」な生き方を筋道立てて弁明しようとした作品ですし、『こゝろ』は友人を死なせてしまった先生の悔悟と言い訳から成り立っている作品です。

ここに集められたエクスキューズは、こうした漱石文学の成立や背景を知る上でも大いに参考になり、作品の読解を深めることになります。著者は「おわりに」の最後に「本書が言い訳という危険物の取説代わりとしても役立てば」と書いていますが、これはもちろん謙遜《けんそん》で、本書は言い訳に特化した近現代文学のすぐれた解説書になっています。まずはその風味絶佳の言い訳文学をじっくりと味わうことに致しましょう。

（令和四年二月、文芸評論家）

この作品は平成三十一年三月新潮社より刊行された。

すごい言《い》い訳《わけ》！

漱石の冷や汗、太宰の大ウソ

新潮文庫　な－71－2

令和四年五月一日発行

著者　中《なか》川《がわ》越《えつ》

発行者　佐藤隆信

発行所　株式会社新潮社

郵便番号　一六二—八七一一
東京都新宿区矢来町七一
電話　編集部(〇三)三二六六—五四四〇
　　　読者係(〇三)三二六六—五一一一
https://www.shinchosha.co.jp

価格はカバーに表示してあります。

乱丁・落丁本は、ご面倒ですが小社読者係宛ご送付ください。送料小社負担にてお取替えいたします。

印刷・大日本印刷株式会社　製本・株式会社植木製本所

ISBN978-4-10-132692-4 C0195